Wife is a treasure trove of philosophy

妻から哲学

土屋賢二

ツチヤのオールタイム・ベスト

文藝春秋

はじめに

週刊文春の連載「ツチヤの口車」は現在千二百回を迎えたところだ。その中から選りすぐったものを収録したのが本書である。

「選りすぐるなら他の作家の作品から選りすぐれ」と思う人もいるだろうが、もっともな意見である。だがもっともな意見はしばしば薄っぺらである。そういう本ならすでに出ているか、いずれは出るに決まっている。本書は違う。宝石のベスト・コレクションがひしめく中、だれが石ころのベスト・コレクションを作ろうとするだろうか。だれも作るはずがない。まぎれもない失敗企画である。

本書の価値はそこにある。誤って鋳造されたコインや印刷ミスの切手が高値で取引されているのと同じく、二度と世に出ない奇跡の本なのだ。出版社が企画の誤りに気づいて回収する前がチャンスだ。十冊でも二十冊でも買っておくことをおすすめする。

二十五年前、連載を依頼されたとき、わたしはお断りした。二つの理由からだ。

（1）書くことが三回分しかない。研究生活をしていると、特段変わったことが起きるわけではない。せいぜいコーラをパソコンのキーボードにこぼすか、カップ麺をキーボードにぶちまけるぐらいだ。ネタ切れになるのは目に見えている。

(2) 文章に自信がない。子どものころ、作文や日記はすべて父に書いてもらって切り抜けてきた。その後は専門の論文しか書いたことがない。五十歳のとき書いた処女作『われ笑う、ゆえにわれあり』も、草稿を読んだ家族や学生や多くの編集者からは、はかばかしい感想が一つも得られなかった。週刊誌に載せても読む人は二、三人だ。

考えれば考えるほど明るい材料はない。引き受けたら迷惑をかけることになる。迷惑をかけるのはわたしの一番嫌うところである。そう思ってお断りすると、考え直してくれと言われた。考え直したところ、せっかくの依頼を断ることこそ迷惑になると思い、迷惑をかけたくない一心でお引き受けした。

これが大きな誤算だった。連載の企画がそもそも失敗だったが、それに乗ったわたしがバカだった。連載のタイトルは最初「棚から哲学」だった。これはわたしの好きな金言「棚からぼた餅」あるいは「口からデマカセ」をもじったものだ。だが順調なのはここまでだった。

恐れていた通り、三回でネタが切れた。あまりにもネタがないので、ある週は、蚊に改心を促し、ある週は、駅から大学までの五分ほどの道のりを説明した。このやり方にも限度がある。そこでいきおい、妻の登場回数が増えていった。身近な人がほかにいなかったからだ。知り合いなど作る必要はないと思っていたが、百人以上知り合いを作っておけばよかった。

ソクラテスと悪妻の話は有名だが、哲学者と結婚には一定の関係がある。歴史上の哲学者を大別すると、①結婚しなかった、②結婚したがうまくいかなかった、③結婚してうまくいかなかったのに、それに気づかなかった、の三種類に分類できる。いずれも結婚と哲学の相性はよくない。

なぜこうなるのか。「哲学者のように考え込む人間は、結婚に向いていない」と考える人もいるだろう。だが、それなら「結婚に向いている男がいるのか」と問いたい。

わたしの考えはむしろ、「結婚によって悩むことを知った」「不幸な結婚は哲学者を作る」というものだ。わたしは結婚前から哲学を研究している。結婚前に研究していたのは哲学ではなかったのかもしれない。

わたしが苦しまぎれに妻のことを書いていると、よく「お前は奥さんのネタがあるからいいな」と言われることがある。たしかに妻の存在は大きい。もし妻がいなかったら、心労もなく、いまの倍の量を書き、内容もより格調高くなっていただろう。

また中には「お前が書いているようなヒドい女がいるはずがない。どうせ脚色してるんだろう」と言う人もいる。たしかに事実をありのままに書いているわけではない。かなり美化して書いていることは認めよう。「睨みつけた」を「目を向けた」、「怒鳴った」を「言った」、「叱りつけた」を「さとした」などと表現を和らげているのはたしかだ。

妻の実像を物語るエピソードを一つだけ記しておきたい。妻の友人が遊びに来たとき、わたしの顔を見るなり、「あんたはヒドい！　わたしの親友をあんなに悪く書くなんて」と叱りつけた。類は友を呼ぶものだと思ったが、彼女が一泊して帰るときには、すっかりわたしに同情していたのである。

勘違いしてほしくないが、妻はけっして悪人ではない。ふつうの女性と大して変わらない。もちろん人間は一人一人違い、彼女にも個性はあるが、ふつうと変わっている点は二点しかない。

（1）妻が中学生のとき、学校で映画を見に行ったあと、感想文を書けと言われ、ただ一言、「面白くなかった」とだけ書いて提出したという。そのとき先生からは何も注意されなかったらしい。このことが物語るように、相手が何を求めているのかをおしはかる気持ちが欠落している（なぜ先生が注意しなかったのかは不明である）。

（2）納得できないことがあれば「もしかしたら自分が間違っているかもしれない」と考えるのがふつうである。妻は、「自分に落ち度はない」が不可疑の大前提になっている。自分に落ち度がないのに不都合なことがあれば、それは他人のせいか、神あるいは自然のせいである。だが妻は無神論者である（ただし自分を神と考えているフシがあるから、無神論者とも言い切れない。ただ、神といっても観音様のような慈悲深いタイプではない）。そして自然のせいにするほど自然現象に関心を払わない人間だ。

したがって妻が納得いかない事態に直面したときに下す結論は、「責任は他人にある」となるほかない。そこに運悪くいるのがわたしである。

ありがたいことに、妻はいつまでもだらだらと説教するタイプではない。怒っても、すぐにおさまる。キレやすくさめやすいタイプなのだ。事柄にもよるが、通常、一日から数年、場合によっては数十年でおさまる。たぶんそれ以上覚えていられないのだろう。記憶力が衰えれば、やがて、腹が立っても怒りを表現するまでに忘れる可能性がある。

冒頭で述べたように、本書は失敗企画だからこそ価値がある。失敗を恐れてはいけない。とくに本書を買ったら失敗ではないかと恐れてはいけない。失敗こそ、とんでもない価値を生む可能性を秘めているのだから。

目次

I　妻に至る病

Ⅱ 女の精神

III ツチヤの弁明

Ⅳ 幸福論序説

Ⅴ　ツチヤ師、かく語りき

イラスト　ヨシタケシンスケ
デザイン　大久保明子

妻から哲学

ツチヤのオールタイム・ベスト

I　妻に至る病

不満だったのか満足だったのか

欧米に行くと卑屈になる日本人の男は多いが、妻は家の中だろうが、欧米だろうが、ホッキョクグマ相手だろうが、宇宙人相手だろうが同じである。妻の辞書には「卑屈」も「穏和」も「泣き寝入り」もない。

妻の英語力は乏しいが、怒ればとたんに雄弁な国際人になる。怒っているという事実が伝われば言いたいことの九〇パーセントは伝わる上に、残りの一〇パーセントも怒りにまかせて何とかしてしまうのだ。

妻はイギリスに滞在中、英語学校に通っていたが、そこの教育方針に腹を立て、「わたしはこの教育を憎む。ボスを呼べ」と叫んだ（「わたしをボスと呼べ」と叫んだのかもしれない）。

イギリスでもよく怒鳴っていたにもかかわらず、なぜか妻はイギリスが気に入り、イギリスにとって迷惑なことに、妻は数年前、友人とイギリスを旅行した。

旅行の間使ったホテルは由緒あるホテルで、以前泊まって、窓から教会が見えるのが信仰心もないくせに、気に入ったのだ。

夜、ホテルに着き、通された部屋は、以前泊まった部屋より小さい。妻は腹を立て、従業員に抗議した。

「わたしはこの部屋を憎む。なぜならこれは悪い。わたしはこのホテルが有名で古い。だからわたしはこのホテルに来た。そしてポットとカップがない」

「紅茶セットでしたら引き出しに入っています」

「そしてこの部屋は三角形です」

「はい」

「わたしは三角形ではない。そして部屋は狭い。チェンジ！」

「他に部屋がありません」

「ノーッ！　なぜなら、わたしの予約はとても速い。しかしわたしの部屋はとても狭い。そしてとても三角形です。チェンジ！」

こうやって部屋を替えさせた。翌朝になってみると、その部屋の窓から教会が見えない上に、色々不都合な点が見出された。そこで従業員を呼んでさらに部屋の変更を要求した。

「シンクの水がただちに行かない」

「排水が遅いんですか？」

「そうっ！」

「でもこの調子なら詰まっていないから大丈夫です」

「そしてドアのチェーンは壊れています」

「ここはケンブリッジですよ。大丈夫、安全です」

「ノーッ！　わたしは女です。そしてわたしは危険です」

「危険な女なんですか？　それなら心配ありません」

「ノーッ！　そして少し前、風呂場の明かりは突然ノー」

「電気が切れたんですね。電球を取り替えます」

「そしてこの部屋には教会がない」

「どの部屋にも教会はありませんが」

「ノー。見よ、見よ。窓は。教会はノー」

「ああ、分かりました。教会が見えないということですか？」

「分かるのが非常に遅い！　わたしは教会を欲する」

「教会をごらんになりたいということですか？」

「イエス。わたしがここにいる。教会がそこにある」

「教会の見える部屋がお望みなんですね。予約のときにおっしゃっていただけるとよかったんですが」

「ノーッ！　わたしの予約はとても速い。そしてあなたはとても悪い。なぜならあなたは非常に聞かなかった」

　こうして教会の見える部屋に替えさせたが、滞在中これだけのことがあったのだから、妻の腹の虫がおさまるはずがない。チェックアウトの日、ひとこと言ってやろうと思って、このホテルの改善点、反省点を整理してフロントに行くと、そこにいた係員は、それまでと違って、ハンサムな青年だった。

青年に「どうでしたか」とたずねられ、妻は答えた。

「非常に満足します。次回、非常にこのホテルに来るでしょう」

傲慢な人間の運命

だれも気づいていないが、わたしは謙虚である。世の中に傲慢《ごうまん》な人間がいるのが信じられない。妻がその一人だということがもっと信じられない。

傲慢な人間がどうなるか、ギリシア悲劇を見てもらいたい。人並み外れた能力をもつ英雄が神によって破滅させられるが、その理由は、英雄が悪事を働いたからではなく（ギリシアの神自身、悪事を働くのだ）、英雄の傲慢さを神が絶対に許さないからだ。

ギリシア悲劇を離れても、傲慢な人間は例外なく感じが悪く、尊敬できない。わたしが妻に素直に服従できない理由はそこにある。

そのうち妻には神罰が下るのではないかと危惧していたが、神罰はなぜかわたしにばかり下されてきた。

だが傲慢な人間は神罰でなくても、何らかの不利益をこうむるはずだ。

なぜなら、謙虚な人間は自分の無知を認めて学ぶことができるが、傲慢な人間は自分の無知を認めないから、人に教わることをイヤがり、進歩することがないからだ。

妻も教えられることをイヤがり、絵を教える教室に行っても（妻は傲慢にも絵を描くのが趣味だ）、先生がアドバイスするたびに喧嘩になり、これまで何度も絵画教室を辞めてきた。

いまでは同好会的なところへ絵を描きに行き（たぶん妻と同じタイプの人間が集まっているのだろう）、自己満足にふけっている。

イギリスのケンブリッジに十ヶ月間滞在したときもそうだった。英語ができない妻は、英語学校に入ってすぐ、教育方針に不満をもち、教師に方針の変更を迫り、ラチがあかないと見るや、「校長を呼べ」とタンカを切って間違った英語でまくし立てて辞めてしまった（たぶんほとんど通じなかっただろう）。

仕方なく、大学のサポートセンターで家庭教師を紹介してもらった。当時のわたしは適齢期以外の女性にモテた。近所に住む生活保護を受けている高齢女性が毎日パンをくれたのをはじめ、イギリス滞在中にモテて恩恵を受けた事例は、思い出せないものも含めると百をくだらない。

サポートセンターの中年女性もそうだった。「ふつうは紹介しないんですよ」と言って特別に紹介されたのは、外国人をサポートするボランティア団体をとりまとめている高齢女性だった。夫はカレッジの元副学長、娘も息子も学者、娘婿はノーベル賞受賞者という学者一家だ。妻に英語を教えるのは、大数学者が小学生に足し算を教えるようなものだったが、妻はそんなことに臆するようなタマではない。宿題の問題集を一つおきに解いて持って行き、先生から「なぜ全部解かないのか」と聞かれると「問題がやさしすぎて解くのがバカらしいから」と間違った英語で説明したため、問題集は取りやめになった。

ふつうなら先生が怒るところだが、妻があまりにも堂々と「これが正統な英語だ」と言わんばかりの調子で間違った英語をしゃべるのが可笑《おか》しかったのか、家族ぐるみで親交を深める結果になった。

妻は、その先生からさまざまな人を紹介されたが、臆することなく間違った英語を話し続けた。日本人の折り目正しい英語に慣れていた人々には妻のデタラメ英語が可笑しかったらしく、彼らの間で人気者になった。

結局、妻の英語力はほとんど向上せず、「自分の英語は立派に通用する」と誤った自信を深めただけに終わった。

その後も妻は神罰も不利益も受けていない（わたしが代わりに受けているからだろうか）。もしかしたら妻のように傲慢な人間になっても何とかなるかもしれない。そうと分かっていたら、無理して謙虚になるんじゃなかった。

焼きそばのいろいろ

今日の夕食は焼きそばだ。我が家の焼きそばは野菜が多い。そばより多いぐらいだ。野菜を食べるのは身体のためだ。総合ビタミン剤と食物繊維をとれば野菜は食べなくてもいいとも思えるが、わたしの知らない理由により、本物の野菜が必要だと専門家が言うため、野菜を食べないと死ぬとわたしは固く信じている。

妻は焼きそばを作ってわたしの前に置くと、「のぼせた」と言って部屋を出た。わたしは妻を心配しながら、食卓にひとりのびのびと楽しく食べた。味がおかしいと思ったが、味がおかしいのはいつものことだ。

食べ終わってのんびりテレビで野球を楽しんでいると、妻が回復したのか、帰ってきた。緊張がにわかによみがえり、妻の身を案じていたように聞こえることを祈りながら「ごちそうさま」と言う。

妻はそれには答えず、台所へ行く。直後に「あーっ！」という叫び声が聞こえた。わたしの悪事が露見したのかと咄嗟《とっさ》に思ったが、台所で発見されるような悪事は働いた覚えがない。もしかしたら妻が食器棚のガラスに映った自分の顔を見て怯《おび》えたのかもしれない。

想像に熱中しかけると、妻が言った。驚いた。

「そばを入れ忘れてた！」

スーパーで買った焼きそば用のそばが袋に入ったまま調理台に残っているという。わたしは明敏にも、ただちに鋭く推理した。わたしが食べたのは焼きそばではなく、野菜炒めだった。

そば抜きの焼きそばを作るなんて考えられないと思う人は妻を知らない人だ。妻は、鍋にすきやきの材料を入れるときになって、肉を買っていなかったことに気づいたり、カレーを作って食べるときになってご飯を炊いていなかったことに気づくなどの赫々《かっかく》たる実績の持ち主である。そば抜きの焼きそばを作っても不思議ではない。そのうち肉抜き・どんぶり抜きの牛丼を作るだろう。

わたしは肝心のものが欠けている事例には慣れている。食堂で食べたチキンライスに鶏肉が見つからず、さっき歯にはさまったのが鶏肉だったのかと思ったこともあるし、スーパーで和牛仕立てのオーストラリア産牛肉も買っていた。

それにわれわれは果汁ゼロのオレンジジュースを飲み、笑っていない笑顔を向けられ、気持ちのこもらないお礼のことばを言われ、サービスする気のないサービス係と交渉し、メイクしていないように見えるメイク（ナチュラルメイクというらしい）を見せられている。肝心のものが欠けている事例は意外に多い。

ただ一番の問題は、わたしがそばが入っていないことに気づかなかったことだ。たしかに、ふだんから妻の料理に順応しようと妥協を重ねているため、味覚が鈍感になり、最低限、食べられる物と食べられない物を区別できればいいというところまで大雑把になっている。だから焼きそばだろうが野菜炒めだろうが、いったん食べられる物に分類すれば、それ以上分類するのを自分に禁じている。だがそこまで味覚が大雑把になっているとは思わなかった。

驚いたことに、妻は平然と「今日の焼きそば、どうだった？」と聞いた。

「あれは焼きそばじゃなくて野菜炒めだ。カツが入ってないカレーをカツカレーと言うか？」

「でも文句も言わずに完食して〈ごちそうさま〉と言ったじゃない。そのときは自分の舌で焼きそばだと判断してたでしょ」

やっかいな展開になると確信したわたしは、いつものように妥協し、野菜炒めは焼きそばの一種だと自分に言い聞かせた。

翌日はチャーハンだった。食べる前にごはんが入っていることを慎重に確認した。

妻の非常識

わたしの家でなされていることがどこかオカシイということに最近気がついた。

数十年前、妻が作ったひじき煮が気に入り、ひじき煮をよくリクエストしていた。だが、何度も食べているうちに飽きてきたため、ひじき煮にするかと打診されるたびに断るようになった。すると妻は見下げた口調で「すぐに飽きるのね」となじった。

そのことを学生に話した。よく夕食にひじき煮を食べていたこと、そのときは、大皿いっぱいのひじき煮がライスとともに出されたこと、他にはおかずも味噌汁もなかったことを話すと、学生が発作《ほっさ》を起こしたのかと思うほど涙を出して笑い転げた。

「あーはっは、ひじき煮が単品で出たんですか？」

「うん。オカシイか？」

「あーはっは、ありえません。ひじき煮は付け合せの料理なんですよ」

「そうなの？　外食では小鉢で出るから、うちとは違ってケチっているなとは思ってたんだ」

「ヘンだと思わなかったんですか？」

「うすうすヘンだとは感じていた」

「メインディッシュとして食べていたら飽きると思います。先生は文句をおっしゃらなかったんですか？」

「……言え……言わなかった。わたしは細かいことにこだわらないんだ」

　実は、ふだん妻の常識のなさを注意しているが、効果がないのだ。理由は、①妻は常識をバカにしているため、「常識がない」と注意しても「お前はワンと鳴かない」と注意するのと同じぐらい意味がない、②わたし自身、人から常識がないと注意されているからだ。

　学生の反応を見て不安がつのった。実は、妻の作る一品料理はひじき煮だけではない。「ちくわの蒲焼風《かばやき》」（ちくわを蒲焼のタレで焼いたもの）も、「ジャガイモのきんぴら」（ちくわ入り）も、単品でライスとともに出される妻の得意料理だ。だが、学生に笑われるのではないかと思って、そのことはふせておいた。

　考えてみれば、もう一つ気になることがある。イギリスにいたとき、昔の教え子の男が家に来た。妻が「ラーメン食べる？」と聞くと、男は「はい」と答えた。外国でラーメンを食べる機会はめったにないのだ。

　ところが、妻が「よかった！　昨日作ったラーメンが残っているのよ。おいしいわよ」と言うと、男は「えっ……あの、も、もういいです」と断った。妻が「どうして？　一晩おいたラーメンはおいしいのよ。わたしは好きよ」と言うと、男は「あの〜、腹が減ってませんから」と答え、気まずい空気が流れた。

　この話をすると、学生がさらに激しく笑って言った。

「前の日の食べ残しでしょう？　のびきったラーメンを？　あーはっはっは」

「うん。のびきったラーメンはおいしいって妻が言うんだ。悪気はないんだ」

「そのとき奥様に注意なさらなかったんですか？」

「えっ？……あー、えー、教え子の手前もあるし」

「だからこそ、注意しなきゃいけないんじゃないんですか？　でもあとで注意したんでしょう？」

「い、いや、注意までは……本当はそのとき〈どこかヘンじゃないか？〉とわたしの良識が叫んだんだ。ただ、わたしの良識はあまり信用できないから……」

「情けないんですね。まあ、奥様が間違っていると論証するのは難しいですからね。もしかしたらお客さんも気に入るかもしれませんし、一晩おいたラーメンは本当においしいかもしれませんから」

「だろ？　だから注意するのを思いとどまったんだ」

疑念が芽生えた。妻の他の料理も非常識かもしれない。非常識なのは料理だけではないかもしれない。どこまで非常識なのか、底知れなさに不安がつのった。

人間のクズ

わたしは運の悪い男だ。家が苦手なのに帰るところが家しかない。妻が苦手なのに家に帰ると妻がいる。

家が「安らぎの場」だと思う人は、本当の安らぎを知らない人、公園のベンチに座ったこともない人だ。

たとえばわたしがシャツを買うと、家で待っているのは妻の批判と譴責《けんせき》だ。

「どうしてそんな似合わない物を買うのよ」

これで心安らかにいられるだろうか。

もちろんわたしも黙ってはいない。こう言い放つ。

「そうかなぁ……」

わたしの高圧的な態度に妻もムッとするのか、わたしに口答えする。その結果口喧嘩になってしまう。

「あなたにはファッションのセンスがない」

「そういうお前にセンスがあるのか。だいたい男を見る目からしてあるのか。お前の選んだ男を見てみろ」

「ロクでもない男にしか見えない」

「ほらみろ。それでよくセンスがあると言えたもんだ。おれにセンスがないのをいいことに、勝手に批判しているが、本当にファッションセンスがあるのか？」

「ピカソに向かってセンスがあるのかって聞ける？　そんなことを疑うあなたのセンスが人として信じられない。本当に人間なの？」

「センスを疑うだけじゃ足りないのか。人間かどうかまで疑うか？　おれがゴキブリに見えるか？」

「もしゴキブリだったら踏みつぶしていた。蚊だったら叩きつぶしていた」

「まるでおれがゴミみたいじゃないか」

「ゴミだったらそのまま出していた」

「おれがダイヤで出来ていたら粗末にしないはずだ」

「ダイヤなら換金していた」

「おれが可愛い柴犬だったら……」

「でも可愛い柴犬ではない。以上」

「しかししかししかし、お前の方がセンスがあるとどうして言えるんだ？」

「しつこいっ！　かりにわたしの方がセンスがないとしても、領収書を見れば値段の高い安いは分かる。あなたに高い物は似合わない。証明終わり」

「しかしお前の方が高い物を買っているじゃないか」

「そうだとしたらどこがいけないの？」

「不平等じゃないか」

「何事も分業。わたしは美、あなたは哲学。哲学にファッションは不要。以上」

「ニベもツヤもない言い方だな」

「ニベもツヤも必要なし。以上」

「以上以上って言えばすむと思うな。以上」

「もう相手してられない。以上」

妻はそう言って、米をとぎ始めた。精一杯反抗して、負けを悟ったのだ。

それを見ているうちに突然、惻隠《そくいん》の情がわき起こり（※）反省した。思えば妻は一日中立ちっぱなしだ。洗い物をしたり洗濯をしたり掃除をしたり甘い物を食べたりで、休む暇もない。

それにひきかえ、わたしは原稿を書いているか、構想を練っているか、原稿のことを忘れているかで忙しいが、身体は動かさない。いつも徹夜で重労働したぐらい疲れており、休息が必要なのだ。一方、妻は先祖のどこかに働き蜂がいるのか、体質的に疲れないのだろう。あるいは、先祖に石がいて、疲れていることに気づかないのだろう（世の中には、外で働き、家に帰れば家事や育児や介護に追われ、妻以上に働いている人もいるが、わたしには、妻がその何十分の一でも働いているのが奇跡に思える）。

わたしが妻のような働きづめの生活を強いられたら、死んでしまう。動かない生活で死ぬより二十年後に。
反省した。家に安らぎを求めるなんて、わたしは人間のクズだ。
なお、（※）以下は、妻に命じられて書いた反省文である。

表現の自由

為替が送られてきた。郵便局で現金にしてもらうため、必要事項を記入する係はわたしだ。金を受け取って使うのは妻の係だ。

妻が郵便局から帰ると、記入ミスのため換金できなかったという。本人が行かないとラチがあかないらしい。為替が何なのかということも分からないまま適当に記入したのだが、期せずして郵便局はきちんと仕事をしていることを証明し、なおかつ、わたしは金を受け取る係を獲得し、妻を金を使うだけの暇な係に追いやることに成功した。

翌日、郵便局に行くと、手続き中の客以外、だれも待っていない。めったにない幸運だが、その代わり窓口の係は中年男で、いかにも無神経そうだ。手続き中の客が終わったので窓口に行くと、係員が「待ってください。前のお客さんの処理をやってるんだから」と中年男らしくつっけんどんに言う。つっけんどんな応対には慣れている。しばらくすると、番号を呼ばれた（番号で呼ばれるのも慣れている。刑務所でも何とか暮らせるかもしれない）。

窓口に為替を出すと、係員の態度が一変した。

「あーっ、昨日のかたですね。どうも申し訳ありませんでした。わざわざご足労いただき、本当にすみません。奥様にくれぐれもよろしくお伝えください」

と平謝りに謝ったのだ。面食らった。こっちの不手際だから謝るべきなのはわたしの方だ。謝るにしても、足を運んだわたしにではなく、妻に謝ってほしいと言うのだから、わたしを妻の使い走り扱いしている（幸い、使い走り扱いされるのは慣れている）。係員は、どんな経験をしてきたのか苦労の跡が全身ににじんでいる。ふだん一円も間違えることが許されない仕事で神経をすり減らしているのだ。その上謝罪までさせて恐縮するばかりだ。

係員は迅速丁寧に処理をすませた（迅速と丁寧の両方がそろうのは珍しい）。その間、「奥様にくれぐれもよろしくおっしゃってください」を合計四回繰り返し、さらに恐る恐る「奥様はご気分を害されていませんでしたか？」と聞く。「妻には〈あんたが自分で行かないからよ！〉とこっぴどく怒られました」と正直に答えると、係員はさらに恐縮し、「くれぐれも奥様によろしくお伝えください」と言って、飴の袋とポケットティッシュを二つくれた。大口預金者かアフリカ難民の孤児のように扱われたのだ。よほどわたしの気高さに打たれたのか、妻が何かしたかだ。公平にみれば後者だろう。

帰宅すると郵便局で何をしたのかを妻にたずねた。妻は怪訝《けげん》な表情を浮かべ、「待っている間、係の人をチラチラ見たし、記入ミスを指摘されたとき、なぜこれではいけないのかを質問しただけよ」とシラを切った。中年男が見られて質問されただけで死ぬほど怯えた様子を見せるはずがない。これで察しがついた。わたしは断定した。

「お前は〈見た〉んじゃなく、〈にらみつけた〉か〈目で威嚇《いかく》した〉んだ。もともと目つきがきついから」

「ただ見ただけよ。待たされて怒ってはいたけど」

「怒りをこめて見ることを〈にらむ〉と言うんだ。それをたんに〈見る〉というのは、暴風雨を〈雨だ〉と表現するようなものだ。〈質問した〉も、〈難詰《なんきつ》した〉とか〈疑問文を使って攻撃した〉と言うべきだ」

「でもふつうに質問しただけなんだから」

「お前の〈ふつう〉は〈激烈〉という意味なんだ」

「失礼ね！　どう表現しようと表現の自由があるわ」

「そんなのは表現の自由じゃない」

「じゃあ何なのよ。ちゃんと説明しなさいよ！」

激しい剣幕だ。係員の態度がはっきり納得できた。

国際紛争になってもおかしくない

わたしは妻がすぐ怒る様子を拙《つたな》い文章で懸命に表現してきたが、妻の母親以外の人にはなかなか信じてもらえない。大げさに書いているだけだと思われるのだ。

理由を聞いてみると、「こんな女がいるはずがない」「お前を相手にすればどんな女でも腹を立てるはずだ」「当然の報いだ」「いい気味だ」「ずっと怒られていれば？」などさまざまだ。

わたしが妻について書くことが信じられない人は、一度妻に怒鳴られてみるといい。そうすれば、きっとわたしはいい気味だと思うだろう。

妻に怒鳴られた気の毒な人はわたしだけではない。近所の喫茶店にもスーパーにも怒鳴られた人はいるし、病院には怒鳴られた医師がいる。二つの銀行には「上の者を出せ」と怒鳴られた銀行員がいる（さいわい、わたしの家で「上の者を出せ」と怒鳴ることはない。わたしの上の者は妻自身だからだ）。

妻がパスポートをとりに行ったときも、歯を見せて笑った写真はダメだと言われて腹を立て、長蛇の列が出来るのもかまわず長々と怒鳴り、無理やり受理させたという（妻がこれほど歯を見せた笑顔にこだわったのは、たぶんふつうの顔がよっぽど見るにたえないことに気づいたためだろう）。

すぐにキレるので、勘違いで怒ることもある。相手は何の落ち度もないのに怒鳴られるのだから迷惑だ。昔、妻が花屋に行き、「スイートピーください」と言ったところ、「スイートピーはありません」と言われてカッとなり、「あそこにあるじゃないの！」と怒鳴ったら、「あれはフリージアです」と言われたらしい。ふつうなら恥じ入るところだが、妻は家に帰ってからも「紛らわしいのが悪い」とフリージアとスイートピーに腹を立てていた。

始末の悪いことに、妻は自分が怒るのは正義感が強いためだと思っている。しかし十個のまんじゅうのうち、妻が八個食べた後わたしが一個食べるのが、正義に反するのだろうか。

国内だけではない。妻がイギリスに友だちと旅行したとき、電車に乗ると、切符に書いてある指定席に乗客が座っていた。当然、妻はその乗客に速やかに席を空けるよう強く要求した。そこへ乗務員が来て、妻の切符を調べ、丁寧に説明した。

「第一に、この車両は一等車ですが、あなたの切符は普通車の切符です。第二に、あなたが乗るべき電車はふたつ後に出る電車です」

この乗務員が丁寧だったので、妻もその場は矛《ほこ》をおさめたが、自分の乗る電車が時刻通りに来なかったために電車を間違えたと言って、イギリスの交通システムに腹を立てていた。

妻はロクに英語ができないが、腹を立てると英語が話せるのだから不思議である。わたしが妻とイギリスに滞在したときもそうだった。サイレントピアノを借りに行き、ピアノの電源アダプターが「ジー」と雑音を立てるのに気づいた。店員は「どれもこういう音がするんです」と説明した。わたしが仕方がないと思って納得していると、妻が突然、「ノーッ‼」と叫び、「チェンジ、チェンジ！」と流暢《りゅうちょう》な英語で怒鳴った。

大声を上げる妻に恐れをなした店員は、新しいものを取り寄せると約束し、数日後、雑音のないサイレントピアノが届いた。

こういう経験があったために、妻は図に乗り、「怒鳴れば何とかなる」という信念を強めてきた。

妻と友人のイギリス旅行の間、妻は毎日のように怒っていたらしい。同行した友人も「今日も喧嘩するんだからしっかり食べてね」と励まし、喧嘩のために食事をするようになったという。よく国際紛争にならなかったものだ。

日米関係のために

冬の夜は寒い。子どものころ一人ぼっちで冬の夜道を歩いたときの心細さがよみがえる。大人になった今ではそばに妻がいるため、心細さがいっそうつのってくる。

きっかけはアメリカ大使館からの電話だった。アメリカ公使の秘書の人から、公使が週刊文春でわたしの書いたものを読み、話をしたがっているから一緒にランチをどうか、という連絡をいただいたのだ。

記憶をたどっても、アメリカのことを書いたおぼえがない。ただ、少し前、メラトニンについて書いたことがある。メラトニンはアメリカでは売られているが、日本では売られていない薬だ。もしかしたら「メラトニンのことを書いていたが、お前が書くとアメリカの信用が損なわれるから、今後、書かないでほしい」という話かもしれない。あるいは、「メラトニンを飲むようだが、安く買わないか」ともちかけられるのかもしれない。

久しぶりにネクタイをして出かけた。ノーネクタイにジーンズというふだんの服装で行って日米関係にひびが入っては困る。公使自身は気にしなくても、レストランが入店を断る可能性がある。ネクタイをしていないと入れないレストランもあるらしいし、わたしがふだん入っている食堂も、ズボンをはいていないと入れてもらえないのだ。

ネクタイをしめると、どう見てもひとかどの社会人のように見える。自信をもって大学へ行くと、心ない学生がわたしを見て笑った。自信がぐらつく。

だが指定のレストランには問題なく入ることができた。レストランの方が学生より人を見る目がある。

公使は外交官だけあって、感じのいい温厚な紳士だった。わたしの文章を読んで面白かったので話をしたかった、という。どういうわけか、わたしの文章の真価は、日本語をあまり知らない人に理解されるのだ。

食事をしながら、ユーモアのセンスや若者の生態について紳士同士の友好的な会話を交わすことができた。わたしも相手次第で紳士的な会話や友好的な会話ができるのだ。途中、食べ物を数回、服やテーブルにこぼしたものの、完璧な紳士としてふるまえた。ただ一つ心残りなのは、膝に置いた紙ナプキンが、いじっているうちにぼろぼろになったのを見られたことだ。

数日後、公使ご夫妻主催のディナーパーティーへの招待状が届いた。わたしの妻も招待されている。妻の意向を聞くと、行ってみたいと気軽にいう。この女は怖いものがないのか。緊張しないのか、とたずねると、「どうせ鬼婆を期待されているんでしょ」という。この女はふだんの自分を包み隠さず出す気だ。こうやって悪い者はますます悪くなっていくのだ。

当日、妻との待ち合わせ場所に五分遅れて到着すると、妻の顔が厳しい。日米関係より夫婦関係の方が難しい。

最寄りの駅から、送られてきた地図に従って公使邸に向った。冬の寒空の中を十分ほど歩いたころ、妻が「さっきの道を行けばよかった」「タクシーに乗ればよかった」と、わたしに反省と謝罪を求め始めた（十分間歩いて成果が出ないということから、わたしが悪いという結論を出すのは性急に思われるだろうが、妻はどんな事実からでも、わたしが悪いという結論を導くことができるのだ）。

どうして前を歩く夫を信頼できないのだろうか。わたしは道が分からないまま、あてずっぽうでリードしているのだ。よけい自信がなくなるではないか。

さらに十分ほどさまよって公使邸に着いたころには、妻への対応で心身ともに疲れきっていた。わたしの気力を支えたのは、日米関係を保たねば、という責任感だけだった。

客は全部で十人だ。著名人もいる。公使夫人はとてもさばけた面白い人だった。わたしの書くものを愛読しておられるという。夫婦そろって鑑識眼があるのはめったにないことだ。

わたしが妻を「決して怖い女ではありません」と紹介すると、冗談だと思ったのか、みんな笑った。どうして冗談だと分かったのだろうか。「怒っていないときは」と続けたが、笑い声でかき消され、幸運にも妻の耳には入らなかった。

温かいおもてなしを受けたが、日米関係に心を砕くわたしは終始、失礼のないよう、あらたまった態度をとり続けた。まるでわが家にいるようだった。

物欲を乗り越えるまで

わたしが所有していない物品は無数にある。名文が書けるペンや簡単に持ち上げられる百キロのバーベルまで含めると、無数の三倍はある。だが、一度も不自由を感じることなく平和に暮らしてきた。大川氏（仮名）の話を聞くまでは。

彼にすすめられた三十万円のＣＤプレイヤーが頭を離れないのだ。わたしの人生に肝心なものが欠けているとしか思えなくなった。

わたしはソクラテスやディオゲネスにならって物欲を軽蔑しようとしてきたが、一度も成功したことはない。だがそろそろ枯淡《こたん》の境地に達してもいい歳だ。この歳なら、物がほしいときは①恬淡《てんたん》としている、②悩まず買う、③さっさとあきらめる、の三通りの対応しかない。これまで③の方法で物欲を乗り切ってきたが、今回は違う。年甲斐もなく物欲に溺れ、執着心の虜となって心は千々に乱れているのだ。

買うしかない。問題は妻だ。まず、たんなる耳寄り情報としてＣＤプレイヤーのことを伝えた。大川氏の話によると、別世界が味わえる。妻の好きな００７の映画音楽だって、まるで違って聞こえるんだ（実際にはバッハのＣＤを聞かせればいい）。大川氏はこの機械で耳と心を豊かにしているんだ（そうは見えないが）。貴重な世界を知らないまま死んでいいのか。

毎日説明しているうちに、妻は大川という名前を聞いただけで顔をしかめるようになった。わたしは手をゆるめず情報を提供し続け、妻が怒りを爆発させる寸前、「買うぞ」と宣言する時が来たと判断した。

想定問答は考えてある。

「ギターの弦が擦れる音、チェンバロの弦をひっかく音まで聞こえるんだ」

「そんな音が聞こえて何がうれしいの？　演奏する人の呼吸音や消化音も聞きたいの？　以前、ピアニストのうなり声まで録音に入っているCDに腹を立ててたじゃないの」

「楽器の音は違うんだ。ナマの楽器の音は機械で合成できない。楽器の音の虜になったために、トランペット、ピアノなどどれだけ金と時間を浪費したか知れない。それほど楽器の音は豊かで魅力的なんだ」

「でもあなたの耳で聞き分けられるの？」

「このプレイヤーで何年か聞き続ければ聞き分ける耳ができるんじゃないかな」

「でもあなたは、若者に聞こえる高周波の音も聞こえないじゃないの」

「その通り！　音の世界を味わえるのも、聴覚が少しでも残っている今が最後なんだ。だから一刻を争う」

「でもあなたはすでに耳が遠いじゃないの。わたしの話も聞こえていないし」

「お前の声はときどき不可聴音になるんだよ」

「おまけに毎日のように耳鳴りしてるじゃないの」

「たしかにそうだ。だがベートーベンを見ろ。聴覚が失われても作曲したんだ。聴覚は問題ではない！」

何度見直しても、答え方は完璧だ。準備万端整った。

決死の顔つきをしては相手を警戒させてしまう。あらんかぎり当然の風を装って、妻に「買うよ」と言うと、妻は意外にもあっさり「そう」と言った。あっけなさすぎる。突然柔和な人間に変身したのか。もしかしたら価格を三十円と間違えているのか。だが理由はどうでもいい。すかさずインターネットで注文した。これで別世界はこっちのものだ。後は新製品が開発されないことを祈るだけだ。

やっと物欲から解放された。平和な日々が帰ってくる。今後は枯淡の境地に生きよう。人間的に一回り大きくなった気がする。

喜びを顔に表さないようにかみしめる。ふと、こういうときはいつも、妻が何か高額なものを買おうとしていることを思い出した。

わたしの妻はどんな女か①

わたしは立場上、よく質問を受ける。たとえば講演後の質疑応答の時間に「結局、何が言いたかったんですか」と聞かれたり、学生からは「今までだれにも注意されなかったんですか」と聞かれたりする。妻には「今日のご飯、アジの開きと傷《いた》んだ納豆のどちらがいい？」と聞かれている。

エッセイの読者からよく受ける質問は、「本当に夫婦仲が悪いのですか」という質問である。

これは不思議な質問である。わたしは仲が悪いと書いたことは一度もないのだ。これだけわたしが我慢しているのだから、ケンカになるはずがない。ただ、残念なのは、「ケンカにならないのは自分が我慢しているからだ」と妻が思い込んでいることだ。

妻についての質問も多い。若い女から「奥様のファンです。奥様のようになりたいと思っています。どうすればああなれるんですか」と質問されることがある。こういう女が何を考えているのか理解に苦しむ。迷惑をこうむっている家族のことを一度でもいいから考えてもらいたい。そして真人間を目指してもらいたい。

そんな質問を受けなくても、妻はいろんな人にアドバイスしている。結婚を目前に控えた女に、「最初が肝心だからね。甘やかしちゃだめよ」とアドバイスしているのだ（わたしは若い男に「結婚なんかするな」とアドバイスしている）。妻のアドバイスによってわたしのような被害者が何人も作られていくのを、ただ見ているだけの自分が歯がゆくてならない。

妻の悪影響は、既婚の夫婦にも及んでいる。よその献身的な奥さんが、わたしの妻から「カレーは一晩寝かした方がおいしいのよね。うちは一度作ったら最低三日はカレーよ」といった話を聞くたびに、それまでのやり方に疑問を抱き、素行が悪くなっていくため、ご主人が迷惑しているのだ。

中にはわたしの妻のやり方をたしなめる奥さんもいる。夫に尽くしてきた奥さんから見ると、我慢できないらしい。妻が「魚は見るのもイヤだから、魚料理は夫にやらせている」などといった話をすると、「あなた、そんなことでいいと思ってるの？」と叱られたらしい。よくぞ叱ってくれたと思うが、それから二十年。今わたしは、そのころの妻はよかったと思っている。

妻を知ってもらうためにわたしの食生活を一部紹介しよう。

わたしは料理にはこだわらない。何日同じものを食べてもかまわないと思っている。現に、今でも一年中、毎朝、雑煮を食べている。おかずも一種類でいい。昔、ひじきの煮物だけがおかずとして出てきたときも、「ちくわの蒲焼風」が出てきたときも、おいしく食べたため、それが十日以上続いたものだ。

結婚した当時は、妻が新しい料理に挑戦したこともあった（そのころの殊勝さが夢のようだ。たぶん夢だったのだろう）。そのたびにわたしはそれまでこの世に存在したことのない料理を食べてきた。ふくらまなかったシュークリームの皮を一週間食べ続けたし、新種の豆腐も食べさせてくれた。妻が豆腐を作る道具を買ってきて、朝から夕方まで大豆の強い匂いが家の中に立ちこめ、病気で寝ていたわたしが気持ち悪くなったとき、夕食に油揚げのようなものが出てきた。どうやって作ったのか知らないが、そんな豆腐を食べた人は他にいないだろう。

だがすぐに妻が新しい料理に挑戦することはなくなり、おかげでヘンなものを食べることもなくなった。

本気でこんな女になりたいか？

わたしの妻はどんな女か②

妻は強情な性格だ。そのため、お前は強情だといくら言っても絶対に認めようとしない。妻が強情なのは、自分の正しさを過信しているからだ。普通の人なら、百人のうち百人が自分の意見と違えば、多少とも不安を覚えるものだが、妻はそういう場合でも百人が間違っていると思うほど自分の正しさに自信を抱いている。困ったことに、妻の考えはたいてい間違っており、だれでも知っているような常識的なことも知らないのだ。

たとえば、花屋で、「このチューリップ、おいくらですか」とたずねたところ、店員は「それはバラです」と答えたという。

ふつうなら懲りるところだが、「懲りる」ということばは妻の辞書にはない。花屋で名誉挽回を図ったのか、花の名前を知っているところを見せようとして、「このアマリリス、きれいね」と言ったところ、「それはユリです」と言われたらしい。

こういうことが何度も続くと、さすがに妻も慎重になる。花屋で、菖蒲《しょうぶ》かアヤメかどちらか分からず、「これは菖蒲ですか。アヤメですか」と妻がたずねると、「それはリンドウです」という答が返ってきた。このとき妻は一緒にいたわたしに「何よ、色は同じじゃないよねぇ」と言ってリンドウに抗議した。

国内だけではない。イギリスに行ったとき、巻き寿司の作り方を教えてほしいとイギリス人に言われて、作り方を教えたという。だが妻は寿司と名のつくものを作ったことが一切ないのだ。普通なら知らないと言って断るところだが、何も知らないまま教えてしまうところが並みの神経ではない。今ごろイギリスでヘンな料理が「マキズシ」として普及していないことを祈るしかない。

何の根拠もなく自信をもつ性格は、高校のときにはすでに形成されていた。妻の語った通りに高校時代の逸話を列挙する。

☆妻は、校内水泳大会に出たくて、リレーに欠員が出たとき、すかさず名乗りをあげた。そこまではふつうだが、名乗りをあげたのがまったくクロールのできない妻であるところがふつうではない。それから急遽《きゅうきょ》、水泳部員にクロールを教わって、リレーにアンカーとして出場し、途中で溺れたという。妻の神経にも驚くが、それ以上に驚くのは、アンカーになることにだれも反対しなかったことだ。

☆ソフトボールの試合で補欠だった妻は、どうしてもピッチャーがやりたくなり、打たれ始めたピッチャーに代わって「わたしが投げる」と言ってピッチャーを務めた結果、フォアボールを連発して、結局アウトを一つも取れないまま七点取られたという。何より驚くのは、七点取られるまでだれも注意しなかったということだ。後で、妻はアンパイアを務めていた下級生のところへ行き、生意気だと言って文句をつけた。

☆妻の顔がきついので、母親がパーマをかけさせた。しばらくして、生徒会でパーマはかわいい程度までしか認めないという規則ができた。驚くのは、その高校でパーマをかけているのは妻一人だったのに、妻に直接注意せず、わざわざ規則を作ったところだ。そのとき、妻は「わたしのパーマはかわいい程度よね」と同級生に言って無理に同意させたという。

学校中かかっても妻に手を焼いていたのだ。わたしの手に負えるはずがない。

こんな女に共感してはいけない

わたしは毎日悔い改めているが、どんなことがあっても悔い改めない人間がいる。わたしは、そういう軽蔑すべき人間と同居していることを残念に思う。

もっと残念なのは、それによってそばの者が迷惑をこうむっていることだ。

先日、妻のことを本欄に書いたところ、さまざまな意見が寄せられた。「そんな女がいるはずがない」という声もあったが、圧倒的に多かったのは、「奥様のファンになりました」「ああいう生き方でいいんだと励まされました」と共感する女たちの声だった。こういう女たちは、わたしがどんなに迷惑しているか分かっているのだろうか。

数十年前、妻と二人で眼鏡屋に行ったときのことだ。入り口の傘立てに妻が傘を入れて鍵をかけ、広い店内を見て回った。店を出るとき、傘を取り出そうとした妻が、「傘がないっ！」と叫んだ。妻の鍵の番号のところには傘がなく、同じ番号の鍵がささっている。

これで妻が怒らないはずがない。店員に「傘がなくなった」と恐ろしい見幕で詰め寄った。店員は傘立てを調べ、「本当にここに傘を置いたんですか」とたずねた。妻が疑われて怒らないはずがない。憤然としてここに置いたと言うと、店員は「もしかしたらもう一つの傘立てではありませんか」と言って別の入り口に行き、そこの傘立てに妻の傘があることを示した。

まともな人間なら、そういう状況で平然としていられるはずがない。平然としている妻に代わって、わたしは店員に平謝りに謝った。

まともな人間なら悔い改めるところだが、妻は帰り道、「同じような傘立てを二つも置くのが悪い」と言って怒り続けた。

それから数日後、食堂でドライカレーを食べていた妻が突然叫んだ。

「何、これっ！」

妻が気持ち悪そうに口から出したものを見ると、歯の詰め物だ。妻の歯から取れたに決まっている。ちょうどそのとき妻は歯を治療した帰りだったのだ。

口の中を調べてみるように促すと、妻は口の中を点検し（当時はわたしの言うことを聞いていた）、自分の歯から取れたものではないと言い切った。だが、どう考えても料理の中に歯の詰め物が混入するはずがない。わたしは何度も確かめるように促したが（当時は勇気があった）、妻はそのたびに口の中を点検し、強く否定した。

これを少なくとも五回は繰り返した後、わたしは妻の言うことは本当ではないかという結論に達した。当時わたしはドライカレーというものは、カレーライスの食べ残しを集めて作ることもあるのではないかと疑っていたため、前の客の歯から取れた可能性も捨てきれないと考えたのだ。

店員を呼び、詰め物が入っていたことを小声で告げると、店員は不審の色もあらわに調理場に行き、かなりの間をおいて帰って来ると、「混入するはずがありません。でも作り直しましょうか」と言う。妻はにべもなく断り、口をすすぎに洗面所に行った。

洗面所から出た妻が告げた事実は衝撃だった。「わたしの歯だった」。治療中の歯の反対側にある歯の詰め物が取れているという。

腰を抜かしたわたしは店員のところへ行き、憮然《ぶぜん》としている店員に事実を話して平謝りに謝り、逃げるように店を出た。なぜわたしはこうも平謝りする状況に遭遇するのか。そう嘆きつつ、いくら何でも妻は悔い改めたろうと確信した。

後日、妻は歯医者に、治療の振動で反対側の歯の詰め物が取れた、と抗議した。

妻に共感する人に言いたい。身の縮む思いで謝っているわたしをはじめ、店員や歯医者の迷惑も考えてもらいたい。

妻のために死ねるか

女はときどき理不尽な質問をする。たとえば「わたしのためなら何でもしてくれる？」といった質問だ（他に「小遣いをいくらあげれば満足するの？」「月食と三日月はどこが違うの？」といった理不尽な質問もする）。

たいていは、この後に「バッグを買え」「旅行に行かせろ」などという発言が続き、その狙いが明らかにされるが、いつもこうとはかぎらない。「何でもしてくれる？」という質問に、新聞を読みながら「うん」と生返事をすると、まれに「じゃあ、わたしのために死ねる？」と質問してくることがある。何のためにこういう質問をするのだろうか。真顔で「もちろん死ねるに決まっているじゃないか」とウソをつけるかどうかを確かめているとしか考えられない。

以前、テレビでタレントが、「おれは妻のためには死ねないが、娘のためなら死ねる」といっていた。友人のAとBが家に泊まったとき、わたしはこの発言をどう思うか、聞いてみた。

Aには、本人に似ずかわいい娘が二人いる。Aは答えた。

「そりゃあ、娘のためなら死ねるよ。でもいくら何でも妻のためには死ねないだろう」

Bにも、本人に似ずかわいい娘が三人いる。Bは驚きを隠さなかった。

「えーっ、そうなの？　おれは娘のためには死ねないけど、妻のためなら死ねるよ。そんなこと当然じゃないか」

と高らかに言い放った。

わたしはこのことばを聞いて、ここぞとばかりにAへの軽蔑を表明した。

「Bのいう通りだ。妻のために死ねるに決まってるじゃないか。妻のために死ねない男がいるなんて信じられない」

こういって、わたしはBと一緒になってAを厳しく非難した。わたしがこういう態度をとったのは、妻がそばにいたからではない（そばにいなくても、いずれ耳に入る恐れがある）。率直に考えても、妻のために死ぬことはあると思うのだ。妻が原因で自殺することは十分ありうる。

この問題に関心をもったわたしは、周りの連中に「だれのために死ねるか」と質問してみた。

学生に聞くと、親のためなら死ねるとか、教師のために死ねると答えた者は皆無だった。恋人のためならどうかと聞いてみた。一番多かった答えは、「恋人のためにも、だれのためにも、死ねません」だったが、それ以外の答えもあった。

「どちらかが犠牲にならなくてはいけないのなら、彼と一緒に死にます」（学生の中には物心のついていない者もいる）

「恋人のためだったら、えー、死んでもいいです。でも、彼が後で一生それを苦にして生き続けるのは、あまりにもかわいそう。それを考えると、死にきれそうもありません」

「恋人のためなら死ねます。でも、わたしを犠牲にして自分だけ助かろうとする男なんて許せません。そんな男のために死ぬなんてとんでもない話です」

知り合いのジャズピアニストの答えは、そばに家族がいなかったためか、徹底していた。

「娘のためにも死ねない。妻のためにも死ねない。自分のためにも死ねない」

わたしの弟にも聞いてみた。その場には弟の娘もいる。彼は、そばに自分の妻がいないのを確かめてから、こういい切った。

「妻のためには死ねないけど、娘のためなら喜んで死ねる」

こいつもそうだったのか。妻に対してその程度の気持ちしかもっていないのか、とあらためて弟を軽蔑した。

三十分後、わたしは弟とその娘に、小学生からもらったおもちゃを見せていた。これは紙を果たし状のように折ったもので、表に「台湾原産　サソリの標本」と書いてある。紙を開いていくと、中の輪ゴムの仕掛けがほどけて、ゴソゴソという音を発する仕組みになっている。音が出た瞬間、弟は驚いて飛び上がり、気づいたときには隣の部屋に逃げ込んでいた。サソリと娘を残して。

このように、「娘のためなら死ねる」と胸を張っていても、実際にどう行動するか分かったものではない。どうせこういう発言はあてにならないのだ。わたしが「妻のために死ねる」と断言すべきだと主張する理由はそこにある。

わたしの妻に聞いてみた。珍しく考えた後、こう答えた。

「自分のためなら夫を殺せる」

なぜ説得できないか

同じ目的を目指していても意見は対立する。たとえば平和や正義という目的を共有する者の間で、説得不可能な対立が起こり、多くの戦争が起きている。

なぜ説得できないほどの溝が生まれるのか。その原因は複雑である（人間は単純なのに）。原因の一つは、自分の意見を曲げない頑固な人間が多いことだ。わたしのように柔軟な人間ばかりなら世の中は平和だったろうが、わたしは例外だ。わたしのまわりを見ても頑固な人間ばかりだ。彼らは頑固であるだけでなく、逆にわたしを「お前のように頑固なやつはいない」と言い張って譲らないのだから始末に負えない。

人間の性格ばかりではない。同じ前提を立てても、結論の導き方が食い違う場合がある。たとえば「イラクの首都はバグダッドである」という前提から「フランスの首都は亀戸《かめいど》である」という結論が出てこないことは、だれでも認めるだろう。このように通常、結論の導き方は一致するが、いざ重要なことになると、途端に一致しなくなる。たとえば「この男の顔が嫌いだ。だからこの男は信用できない」「腹が減った。ゆえに夫が悪い」「わたしが転んだ。ゆえに夫が悪い」「夫には言い分がある。ゆえに夫が悪い」などと、自分の都合で不可解な論理を駆使するようになる。こうなると説得は不可能である。

さらに、同じ目的をもっていても、その手段をめぐって意見が対立することがある。むろん手段についても意見が一致することはある。「水を温めるには熱を加えなくてはならない」「老人になりたくなければ早死にしなくてはならない」「早死にするには早く死ななくてはならない」「家庭の平和を維持するには夫が我慢しなくてはならない」などについては、意見が対立することはない。

しかし多くの場合、手段をめぐる意見は対立する。これは、人類の知識ではどの手段が適当なのかが分からないためだ。このような場合は、議論によって決着がつくことはない。たとえば日本経済を再生するには（「世界平和を実現するには」「幸福な一生を送るには」「妻に叱られないようにするには」「ハゲを治すには」「モテるには」）どうしたらいいか、については、解答が見つかっていないため、意見の対立を決定的に解消することはできない。

障碍《しょうがい》はそれだけではない。そもそも同じ目的を共有しているかどうかが疑わしいのだ。たとえば正義の実現を目指している者同士でも、何が正義かについて意見が割れる場合がしばしばある。実際、喧嘩でも戦争でも、双方が正義は自分にあると主張し合うのが普通である。明らかに不正だと思える場合でさえ（家の金を独占管理する、黙ってようかんを食べてしまうなど）、正義を主張するのだ。

注意を要するのは、目的が食い違っているのが簡単に分からない場合もあることだ。たとえば「わたしたち二人の幸福のために」と言っているのをよく聞いていると、「わたしたち二人」とは自分のことだったり、「あなたのため」が「わたしのため」という意味だったりするのだ。

先日、妻が「××デパートに行くにはJRしか方法がないか」と質問した。わたしが色々調べ、地下鉄を乗り継いで行くのが一番速い、と教えると、妻は「乗り換えるのは間違えそうだ」と言う。妻が間違いを恐れているとは知らなかった。

乗り換えなしならこの地下鉄を利用するのが速いと教えると、「地下鉄の駅の出口が分かりにくい」と言う。妻が分かりにくいのを恐れているとは知らなかった。

こういうやりとりをさらに数回重ね、わたしが親切に説得した結果、妻は「だれが何と言おうとJRで行くっ」と宣言するに至った。調査検討し、説得を重ね、人間関係が決定的に損なわれた後になって初めて、妻の目指していた目的が「最も効率的な交通手段を探す」ことではなく、「自分の優位を示す」ということだったことが分かったりするのだ。

説得したと思ったら双方の勘違いの結果だった、ということがあるのももっともだ。

このように、目指す目的が違う場合も含め、人の意見の対立は広く深い。人間が社会を形成して一緒に暮らしているのが不思議でならない。

教育の基本原理

教育が社会的問題になっているが、その解決のためにも教育の原理から検討する必要がある。

教えたり学んだりすることを可能にする原理の一つは模倣である。

子どもが言語を学ぶときには、親のことばを方言やなまりも含めて正確に真似るし（鳥が鳴き方を学習するのも模倣によるらしい。それを見た人が、こうやれば学習できるんだと思って鳥のやり方を模倣したのであろう）、習字でもお手本をなぞることから始める（そしてお手本通りに書けないまま終わる）のである。

算数もそうだ。たとえば足し算を教える場合、子どもに「2足す3は5」と何度か言ってみせると、子どもはそれを真似て「2足す3は5」と言うようになる。そうなったときを見はからって「2足す3は？」と聞けば、「2足す3は？」と真似るようになっているはずである。

わたしが模倣が教育の基本原理であることを知ったのは、子どものころ、犬に芸を教えたときだった。「お手」を教えようとして最初に試した方法は、何度も「お手」と命じてみることだった。これが失敗であることはすぐに分かった。

考えてみると、犬はことばの意味を知らないから、いくら「お手」と命じても何を命令されているのか分かるはずがない。命令かどうかさえ分からないはずだ。たぶん犬は「こいつは〈ワン〉と吠える代わりに〈お手〉と吠えている」と受け取ったに違いない。

そこでわたしが考えたのは、真似るという動物の基本的本能を利用して、「お手」と言いつつ、わたしがお手をするところを見せることだった。これにも犬は何の関心も示さず、失敗に終わった。おそらく、犬は「かわいそうに、こいつは〈お手〉と吠えながら前足を上げる癖が治らないんだ」と考えたのだろう。

そこでわたしはもう一つの教育原理「最初は簡単なものから」を採用した。たぶん「お手」は高度すぎるのだ。そこでよりやさしい芸として、命令すれば「ワン」と吠える芸を教えてみた。わたしが「ワン」と言ってみせたところ、犬は、驚くほど簡単に、それに応じて「ワン」と吠えるようになった。こうして、わたしは模倣が教育の原理だと確信した。わたしが犬の声を真似て命じたからこそ、教えることができたのだ。

この方法の効果は劇的だった。犬は何もしなくても吠え続けるようになった。あまりにもうるさいのでやめさせようとして、だまっているところを見せつけたが、吠えるのをやめようとしなかった。おそらく犬は「どうした。声が出なくなっちゃったのか。オレみたいに元気よく吠えてみろ」と考えて吠えたのだろう。

そこでわたしはだまらせるために、もう一つの教育原理「賞罰」を利用し、「ワン」と吠えるたびに「だまれ！」と叱ってみた。結果は、叱るたびに一段と大きく「ワン」と吠えるようになっただけだった。たぶん犬は「こいつは正しく〈ワン〉と吠えられなくて、〈だまれ！〉となまって吠えている」と考えたか、「だまればいいんだな。了解！」と、了解の意を表すために吠えたか、「こいつはオレが〈ワン〉と命令すれば、〈だまれ！〉と吠えるようになった。こいつもやっと芸をおぼえた」と考えたのであろう。

結婚後、妻に従順になってほしいと思ったわたしは、従順さを模倣させようとして、みずから従順な行動を繰り返したところ、妻は平気で命令するようになった。おそらく妻は「こいつは命令されたがっている」と勘違いしたのだろう。

模倣による教育には限界があり、みずから手本を示す「隗《かい》より始めよ」方式も成り立たないことがある。教育の原理がすでに問題をはらんでいるのである。教育がうまくいくはずがない。

妻をホメちぎる方法

教え子の柴門《さいもん》ふみによると、男は結婚したら、妻を毎日ホメなくてはならないという。結婚するとき、そんな義務が含まれているとは知らなかったが、生まれたときも、税金を払う義務を負わされたとは知らなかったから、義務というものは知らないうちに負わされるものなのだろう。

なぜホメなくてはならないのかというと、女はいくつになってもホメられたいからだと言う。しかし「女はホメられたい。だから夫はホメるべきだ」という論理には疑問を感じる。男が同じ論理で「男はいくつになっても自由に使える金がほしい。だから妻は金を渡すべきだ」と言えば、女はこう答えるだろう。

「それとこれとは話が違う。ホメるのは愛情の自然な吐露だけど、金を渡すのは経済活動だから」

それなら給料を渡すのだって経済活動だと言いたいところだが、そこから予想される相手の反発に対応するには人生は短すぎる。こういう女のことばに対しては、「すごい説得力のある反論だ。君が哲学者にならなかったのは哲学界の損失だ」とホメるのが無難だ。

このように、ホメるときは論理にこだわってはいけない。なぜかというと、論理にこだわるとホメることができないからだ。国際関係でも家庭でも、平和というものは無料では手に入らない。こう思って納得するしかない。

では、妻をホメようにもホメるところがない、ホメる気がしないという場合はどうしたらいいか。答は簡単だ。柴門ふみの話によると、ウソでもいいという。ウソでもうれしいというのだ。女は、日ごろ「何でも正直に言いなさい」と男に命じているのに、ウソをついてでもホメろと言うのだ。

どっちみち男はウソをつく運命にあるのだ。ウソが苦手でも、毎日ホメていれば、苦もなくウソがつけるようになるから、ウソの練習と思うしかない。

ただ柴門ふみは、ホメるパターンを毎日変えなくてはならないと言う。そうでないと、イヤイヤだということが悟られてしまうのだ。

どんなホメ方をすればいいのか、わたしも分からないが、見当で例を挙げよう。

たとえば「どうして君はいつまでもきれいなんだ？　長年、哲学の難しい問題に取り組んできたけど、これほど難しい問題に出会ったことはないよ」といった程度の工夫が望ましいのではないかと思う。

少なくとも最低限の慎重さは必須だ。たとえば「おっ、その新しい服、引き立つね、服が」と言ってホメたつもりになると、逆効果になる。これだと服をホメていることになるし、その服も十中八九、前からもっていたものだから妻の服装に関心がないことが露見してしまう。当然、「馬子《まご》にも衣装」と言ってはいけないし、「衣装にも馬子」と言ってもいけない。

何かの間違いで「豚に真珠」と言ったら、あとでいくら「君が真珠で服が豚という意味だった」と弁解しても修復は不可能である。

一般に、余計なことを付け加えると失敗しやすい。「君の体型はいつまでも若いね」と言うだけならいいが、「幼児みたいだ」と付け加えてはいけない。

できれば露骨にホメるよりも自然な感じがいい。しみじみと「おれは女を見る目がある。君を選んだのだから」と言えば、自分をホメているように見せかけて相手をホメたことになる。

もっと自然にホメるには、犬に向かって「お前は実にかわいいな。わが家で二番目にかわいい」と言う（一番は金魚だと思っていても絶対に口に出してはいけない）。あるいは、鉢に水をやりながら「早く花を咲かせてA子（妻の名を入れる。これは絶対に間違えてはいけない）のようにきれいになるんだよ」と、妻に聞こえるようにつぶやくなど。

毎日タネを考えるのは大変だが、相手がボケるまでだと思って辛抱することだ。

脳の中身

人は一生の間に、何度も身体の検査を受ける。検査項目は年をとるにつれて多くなり、介護認定を受けるときは、自分の名前や住所を言えるかどうかまで検査される。そこに至る前も、身体のあらゆる器官が検査の対象になる。その中には脳も含まれる。

脳のCTスキャンの検査を受けたことがあるが、このときは不安だった。色々と思い当たることが多いのだ。最近、物忘れが激しいし、ピアノを弾くとき指が思うように動かない。そういえば生まれてからずっと、哲学の問題が解けない。考えれば考えるほど、正常なはずがない。「脳が見当たりません」とか「脳がチーズ化しています」と言われたらどうしよう。

さいわい、結果は「脳の萎縮《いしゅく》はなく、若い脳です」というものだった。どれぐらい若いかは、怖くてたずねることができなかった。昔、わたしの妻は、脳波の検査を受けて「三歳児の脳です」と言われたことがあるのだ。

そうでなくても、わたしは脳の中を調べられることに不安を抱いてきた。子どものころ、大人は子どもが考えていることを見抜けるのではないかと疑い、恐れていた（このころからプライバシーや個人情報保護に関心があったのだ）。今でも、他人はわたしの心を読めるのかもしれないという不安を抱いている。

現に、過去、何人かの女にわたしの心が読めるのかと聞くたびに、当然のように「そうよ」と言われてきたのだ。

だから、知り合いの中年女がわたしの脳の中を調べたと言ってその結果を見せてくれたときは、不安がよぎった。

それにはわたしの脳内イメージがプリントアウトしてあった。インターネットで名前を打ち込むと、その人の脳内イメージが出てくるというのだ。それによると、わたしの脳の中には「悩」の文字がぎっしり埋まっていて、中央に一文字「金」と書いてあった。

テレビで見た明石家さんま氏の脳内イメージは、「嘘」の文字で埋まっており、中央に「H」の文字が書かれてあったが、それと構造は同じだ。

わたしの頭が悩みでいっぱいだということは知っていたが、「金」が中心にあるとは知らなかった。使える金が少ないことをここまで悩んでいたのか。

これほどの悩みを与えた妻の脳をインターネットで調べると、脳の中がすべて「秘」の文字一色に埋まっていた。意外だった。「暴」「酷」「奪」あたりの文字がいっぱい並んでいるのかと思っていたのだ。なぜ「秘」なのか分からないが、もしかしたら、妻は、本当はわたしを大事にしたいと思っていながらそれを秘密にしているのか？　あるいは、密かに自分名義の口座に金を貯めているのか？　それとも、わたしがいないときを見はからって、どこかの若い男にいそいそと電話して特上寿司の出前を注文しているのか？

結果を妻に見せると、けげんそうな様子を見せた。とぼけているのだ。当然だ。ふだんから、わたしに「隠し立てをするな」と言っているのだ。その手前、自分が秘密をもっていることを認められるはずがない。

妻はしばらくけげんそうなふりを続けていたかと思うと、突然、急に思い当たったような顔をして言った。「そうだ！　わたしの本当の名前は旧漢字だから、それで調べなきゃ本当のことは分からないわよ」

妻に命じられた通り、旧漢字で調べてみると、妻の脳には、「秘」や「罪」などが一文字ずつ入っている他は、九五パーセントすべてがぎっしり黒々と「悪」の文字で埋まっていた。

わたしはこの診断の正しさを確信したが、妻の機嫌はまだ直っていない。

認知症の疑い

子どものころ怖いのはお化けや人さらいだった。いま怖いのは認知症だ。認知症になったとき、体力があると徘徊《はいかい》や暴力で迷惑をかける恐れがあるから運動を極力ひかえ、ダラダラ長生きして迷惑をかけないよう血管がつまりやすい食事を心がけている。周囲からは「そんなに人の迷惑を考えるなら、認知症になる前から人の迷惑を考えろ」と非難されている。

最近、妻に認知症の兆候が出てきた。認知症につながる物忘れ（出来事そのものを忘れる）が見られるのだ。昨日も妻が……えー、思い出せないが、何かあった気がする。もう一つの認知症の兆候である被害妄想もあり、妻は「ドラ焼きを食べた」などとわたしを責めるが、わたしは食べたおぼえが一切ない。

被害を受けているのはむしろわたしである。クレジットカードを勝手に使われ、財布から金がなくなり、ボールペンが消え、リモコンが姿を消している。何のためにこういう嫌がらせをするのだろうか。

先日もおぼえのないレシートがあったので問いただした。

「この五千円のレシートだけど、何を買った？」

「一週間前あなたが自分のカバンを買ったでしょ。忘れたの？　何回も同じことを聞いてるわよ。何回も繰り返すのは認知症の始まりらしいわよ」

「記憶力は健在だ。平城京だって〈なんとみごとな平城京〉だから七一〇三五一〇七年と思い出せる。それよりお前は自分の物を買ったのに嘘をつくな。嘘つきは泥棒の始まりだぞ。もう手遅れかもしれんが。おれは人間こそ薄……」

「〈近所のラーメン屋のチャーシューのように〉薄っぺらなんでしょ？　いつも言ってるわよ」

「ち、違う！　〈就職したてのころの給料袋のように〉薄っぺらだ。それでも正直だ。お前は自分で物を買ったのを忘れて、嘘をついている」

「わたし、嘘はついても忘れはしないわ」

「それなら家に帰って玄関のドアを開けたことをおぼえているか？　エレベータに乗って降りた記憶も、ドアを開けて閉めた記憶も、靴を脱いだ記憶もないだろう？　靴を買った記憶も盗んだ記憶もないはずだ」

「靴なら昨日買ったからおぼえてる」

「何だと？　また買ったのか？」

「コートと一緒に買って見せたでしょ。忘れたの？」

「コ、コートもか。お、おぼえてるとも。ただ、人間の記憶は不完全だ。ところどころ抜け落ちているのを推理で埋めているんだ。家の中にいるから玄関のドアを開けて閉めたはずだし、靴をはいていないから脱いだはずだ、といった具合に。この一週間の出来事だっておぼえてるか？　それどころか、この一年、いや生まれてからいままでの出来事の記憶だってほとんどないのを写真などから推理で補っているのだ。だから多少記憶が飛ぶのは仕方ない。でも嘘はついいちゃいけない。小学校のころよく嘘をついていた子が……」

「またその子の話？　その子が本当に窃盗常習犯になった話でしょ？」

「ち、違う。銀行員になった」

「ほらゴマかした！　わざと話を変えたでしょう？　繰り返してないように見せるために口からデマカセの嘘をつく！　嘘つきは泥棒の始まりなんだよ」

「嘘つきはお前だ。昔よく嘘をついていた子が……」

「また繰り返し？　銀行員になった……か、泥棒になったんでしょ？」

「ち、違う！　知性あふれる紳士となって、お前の前に座ってる」

「わたしの前にいるのは認知症で、嘘をついて繰り返しをゴマかす姑息《こそく》な男よ。この大嘘つき！　認知症でその上嘘つきなんてサイテー！」

II 女の精神

だれのものなんだ

家の電話が鳴った。助手からだ。わたしははっきり言った。

「節税対策だったら間に合ってます。高収入じゃないから。お墓だったらいりません。死なないから。会議だったら出られません。死にそうだから」

「先生、いい知らせですよ。りんご箱に入った荷物が届いています。食べ物らしいです」

本を送ってきたとか、ノーベル賞受賞の通知があったということなら、助手がわざわざ電話をかけてくることはない。

荷物が届くことは分かっていた。数日前、知り合いからメールがあり、りんご箱に入れたお菓子（賞味期限三ヶ月）を送るから、一緒に入れた手紙を読んでから食べてくれ、と知らせてきたのだ。

助手が何を期待しているのか知らないが、こういうときこそ、日ごろお茶も出さないような態度をとっていたらどうなるか、教えてやるチャンスだ。助手の反応が楽しみだ。

次の日、助手室に行くと、助手が笑顔で迎えた。笑顔ぐらいで今までの仕打ちが帳消しになると思ったら大間違いだ。助手室に置かれたりんご箱は大きかった。「りんご箱」といってもどうせりんごが一個入る程度の箱だろうと思っていたが、その予想が裏切られたのがうれしかった。段ボールの箱の横には手回しよくカッターナイフが置かれている。

どうもおかしい。どんな趣旨のものか分からない段ボールなのに、助手がなぜあたかも自分のもののような態度で待ち構えているのか。問いただすと、知り合いが助手にもメールを送り、「お菓子を送りました。同封した手紙には助手のかたに分けるように書いてあります。先生に必ず読ませて、分けてもらってください。何なら全部もらってください」と知らせたらしい。これでは山賊気付で送ってくるようなものだ。

助手が見守る中、段ボールを開けると、大きい菓子の缶と一緒に手紙が入っていた。助手に促されて手紙を読んだ。助手は横からのぞき込んでいる。手紙には助手と妻に分けるようにと書いてあり、何度読んでも、一人で食べろと解釈できるような箇所は見当たらなかった。

助手の視線を浴びながら缶を開けると、クッキーがぎっしり入っていた。助手がわたしをうかがっているのが痛いように感じられる。わたしは覚悟を固めた。この状況では、助手にとられないですませることは不可能だ。それにお菓子はたくさんある。それに、忘れていたが、わたしも男だ。人に範を垂れるべき教師でもある。男に生まれ、教師になったことを後悔しつつ、お菓子の缶を開け、いさぎよく助手に差し出した。

「好きなだけとりなさい」

自分でもほれぼれするような鷹揚《おうよう》な態度で告げると、助手は当然の権利を行使するように、缶の中からお菓子を恐ろしいほどごっそり抜き取った。

こんなにとられるとは思わなかった。やっとのことでダメージから回復すると、わたしの防衛本能が働いた。これ以上ダメージを受けないように先手を打った。

「ずいぶんたくさんとったものだ。それだけあればもう一人の助手の分も十分だな」

「あっ、そうですね。彼女の分もいただいとかないと」

そう言うと、助手はさらに前以上にごっそり抜き取った。身を切られるような感じがした。立ち直るには強力な理性の力が必要だった。大量にとられたが、まだ缶の中にはお菓子が残っていると思い直し、生まれたときは裸だったのだと言い聞かせていると、助手が思い出したように言った。

「先生のお家にお子さんはいらっしゃいませんでしたよね」

と言う。質問の意図を測りかねていると、

「ご夫婦だけならたくさんは召し上がりませんよね」

と言いつつさらに大量に抜き取った。妻が子供四人分は食べる、と告げる暇もなかった。羽をむしられたニワトリになったような気持ちがした。

これだけ減ったら妻に申し開きのしようがない。一人大事に食べるしかない。残りを自分の部屋に持ち帰り、味わって食べていると、学生が来て言った。

「お菓子をおすそ分けしていただきました。とてもおいしかったです。でもちょっとしかもらえなくて、これ以上は先生にもらうように言われました」

お前らはハゲタカか。

比喩を濫用してはいけない

大学に着任したとき、わたしは一分の隙もない完璧な教師になろうと決心して努力を重ね、学生から「カミソリの刃のようだ」と言われるまでになった。

反省した。聡明さは、いくら隠そうとしても滲み出てしまうものなのか。愚鈍を目指さなくては。

一ヶ月後、「カミソリの刃のように薄っぺらだ」と言われていることを知った。

比喩《ひゆ》の濫用《らんよう》を憂慮したわたしは、先日、教え子に訴えた。

「ふつう『カミソリの刃のように』ときたら『鋭い』と続くだろう？　慣用を無視してまで悪口を言いたいか？　薄っぺらだと言いたいなら、『この前食べたラーメンのチャーシューみたい』とか『先月提出したレポートの内容みたい』とか言い方があるはずだ」

「別にいいんじゃないんですか？　比喩で何を表現しようが、本人の勝手です。現に作家は独創的な比喩を競っています」

「だが君らは作家ではない。独創性を発揮したこともない。『作家がやっているからわたしたちもやっていい』と言うのは、『蚊が人の血を吸っているから、わたしも吸っていい』と考えるようなものだ」

「血を吸いたがる人なんていません。ステーキを欲しがる蚊がいないのと同じです。そもそも比喩って、類似点の指摘です。類似点は多数ありますから、どれを選んでもいいはずです。たとえば先生の授業なら、退屈だとか、長すぎるとか、間違いだらけだとか、分かりにくいとか、眠りやすいなど、その一部または全部の性質をもつものを挙げれば比喩になります。たとえば睡眠薬の効能に、『ツチヤの授業を十五分聞いたような効果があります』とうたうこともできます」

「念のために言うが、君に悪口を言われてもわたしは怒らない。借りてきたネコのようにおとなしいから」

「悪口を言われ慣れたんじゃないんですか？　病原菌が耐性菌になるように」

「違う。君が竹を割ったような人間だからだ」

「お目が高い。サバサバしていて裏がないんです」

「違う。頭が竹を割ったように空っぽだ。その上、ナメクジのようにジメジメした性格だと自覚した方がいい。そういう人間の言うことは気にしないことにしてるんだ。だいたい、比喩というものは、たとえば『早春の朝モヤのよう』という表現によって、『ボンヤリしていて爽やか』のような複雑な観念を表すのに威力を発揮する。悪口を言うための道具ではない」

「先生こそさんざん悪口を言うために使っているじゃないですか。そういうところは、水に濡れたネコが棚の上に乗ったみたいです」

「ひ、貧相だと言いたいのか？　もしかして」

「貧相なくせに自分を棚に上げてるという意味です」

「ほら悪口だ。わたしに言わせれば、君はダイヤモンドのようだ」

「えっ、美しいんですね。それとも才能が輝いてるんですか？」

「違う。悪口を言うことしか考えないのは、頭が硬いからだ。石より硬いダイヤモンド級の頭の硬さ、超絶石頭だ。学生のころから、何を教えても自分の誤った考えに固執するだろう？　馬の耳に念仏だ。馬がイヤならブタでもいい」

「先生こそ、かたくなに自分が正しいと思い込んで相手を責めるなんて、まさに棚の上に乗る濡れネズミです」

「ネコじゃないのか？」

「ネズミに降格しました」

「もういい。比喩を濫用するとどうなるか。わたしはリチャード・ギアみたいに一人の男だ。そして伝説の名馬ディープインパクトみたいに一個の動物だ……」

「そうですか。それなら、わたしは吉永小百合のように美女です」

悔やまれる軽はずみ

先日、本連載をまとめたものが単行本となって出版された。助手室に行くと、学生二名と助手がいて、口々にこういった。

「先生の本、また出ましたね。『ツチヤの悪ふざけ』でしたっけ。それとも、『ツチヤの早とちり』だったかな」

「『ツチヤの未熟者』でしょ」

「『ツチヤの大馬鹿者』よ」

「思い出したっ！　『日本一の果報者～学生に恵まれて』よ」

「違うわ。『必要なことは全部学生に教わった』じゃない？」

「もう気はすんだか。『ツチヤの軽はずみ』というんだ」

「えっ、そうでしたか。中身からすると、その題名じゃ重すぎませんか」

「『軽はずみ』で重すぎるなら、『摂氏四百度のヘリウム』くらいしかないだろう」

「こんどの本は小さいですね。これまでの本で失敗したからサイズを変えたんですか」

「ハンドバッグに入るサイズだ。ハンドバッグに入ればリュックにも旅行カバンにも入る。君の胃袋にも入るし、トラックにも楽に載る。売れるはずだ」

「ゴミ箱にも入るし、在庫するにも便利ですよ。でも、小さければ売れるというものでもないでしょう。もっと小さい文庫本でも売れないものもあるでしょう。先生の文庫本のように」

「売れ行きは問題ではない」

「じゃあ何が問題なんですか。印税ですか」

「違う。と思う」

「売れるサイズにしたんじゃなかったんですか。『軽はずみ』の売れ行きはどうですか」

「知らない。出版界も景気が悪いから状況は厳しいはずだ」

「先生の本で不景気に拍車がかかるわけですね」

「しかも、二月の出版だ。昔からニッパチといって二月とパチンコはうまくいかないんだ」

「そういう時期には出版社も、売れなくてもいい本を出しているんじゃないんですか」

「そうかもしれないが、わたしが出した年にかぎって、各社とも売れそうな本を投入してくる気がする。悪いことにわたしの本より面白そうな本ばかりだ」

「先生の本が出ると、ほかの出版社がチャンスだと思って出版するんでしょう」

「とにかくライバルが多すぎる。かりに『カバの偏食に悩む人へ』という本が出ても、わたしには強力なライバルだ」

「わたしならカバを選びます」

「君のことなんか聞いてないっ。悪条件は重なるものだ。新聞広告が出た次の休日は勝負の日だ。それがあいにく雪だ。わざわざ外出して書店まで行く人がいるはずがない。次の休日は絶好の外出日和だった。これでは外出しても書店に寄るはずがない。よくよく運に恵まれていないのだ。さらに不運なことに、各種の催し物が狙ったように開かれて妨害してくる。マラソンとか競馬とか環境問題のシンポジウムなどが客を奪っているのだ。

「町内ゲートボール大会も開かれていると思います」

「そうだ。わたしの本が売れるのがそれほど怖いのだ」

「軽はずみで買う人もいますよ、きっと。二、三冊軽はずみで買う人も……いるわけないですよね」

「さすがの君たちもそこまで軽はずみにはなれないか」

笑って助手室を出たが、わたしは学生の考えが完全に間違っていることを知っていた（他人の間違いを確信するのはめったにないことだ）。その日、大学に来る途中、書店で『軽はずみ』を三冊買ったのだ。

レジで三冊差し出すと、恥ずかしいことに、店員が「同じものを三冊ですね」と強く念を押す（「こんな本でいいんですね」と念を押されなくてよかった）。消えいるような声で「はい」と答えると、「ポイントカードをお持ちですか」と聞いてくる。持っていたが、著者が売り上げを増やすために買っているとは知られたくない。とっさに「いいえ」と答えたとき、隣にいた店員の女性がいきなり、「土屋さんでしょう」と声をあげた。たぶん、こんな本を三冊も買う人間が他にいるはずがない、と推理したのだろう。

動揺したわたしは、わけの分からないことをつぶやくと、逃げるようにして立ち去った。立ち去りながら、自分の軽はずみを悔やんだ。どうせ名前を知られるのならポイントカードを出しておけばよかった。

学生の抱負

三人いた学生の一人が新年の抱負を語った。

「三キロやせます」

「えっ、たった三キロでいいのか？」

「三キロじゃ焼け石に水だって言いたいんですか？」

「授業を離れると頭が回るじゃないか。でもそんなつもりで言ったんじゃないよ。三キロは大きいからね。ネズミや金魚が三キロやせたらたぶん死ぬだろう。三キロの金塊をもらっても三カラットのダイヤをもらっても大喜びするだろう？　十円玉を三個拾ってもうれしいんだからね。ただ、君がそんなささやかな希望で満足できるのが意外なんだ」

「わたし控えめなんです」

「しかし大胆な野望だ」

「おっしゃることが矛盾してませんか？　希望がささやかだと言いながら、野望だって言うんだから」

「人の矛盾にはすぐ気がつくね。でも食べたいだけ食べながら体重を減らすのは無理だろう？」

「だから、食べる量を減らすんです」

「君にはそれが一番無理だろう？　体重を増やす抱負に変えた方が守れるよ」

「失礼です！　三キロじゃ少なすぎるって言われて、しかも三キロ分でさえ食べるのを我慢できないって」

「じゃあ聞くが、なぜ君はいまチャーハンの大盛りを食べてるんだ？」

「先生のおごりだからです。めったにないでしょう？」

「あのね、発想の転換をしたらどうなんだ」

「大盛りより二人分の方がいいという価値観をもてとおっしゃるんですか？」

「違うっ。無欲を目指すんだ。食べたいという欲を捨てるんだ」

「やっと分かりました！　わたしたちが大盛りにしたのがおイヤなんですね？」

「ご、誤解しては困る。わたしはケチで言っているんじゃない。君らが三人ぐらい大盛りにしようが何品追加しようが、そんなことで文句を言うと思うか？」

「えっ、そうだったんですか？　餃子をもう一皿追加してもよかったんですか？」

「も、もちろんだ……」

「ありがとうございます！　（店員に）すみませ〜ん！　餃子、三人分追加してくださ〜い」

「あ、あのね、どこまで強欲なんだ。だ、だから、無欲になれって言ってるんだ。無欲になれば、食欲に流されなくなる。結果として体重だって減るはずだ」

「それに、わたしたちが食べなきゃ先生も助かりますしね。でも、無欲になると、やせたい、美しくなりたいという欲も捨てなきゃいけないでしょう？　美しさを捨てるぐらいならもっと食べますよ。食欲は生きていくのに必要なんです。だいたい無欲にならなきゃいけない理由があるんですか？　先生の出費を抑える以外に」

「わ、わたしは代金を気にしてるんじゃないっ！　何度言ったら分かるんだ」

「じゃあ追加してもいいんですね。店員さ……」

「ま、待て。もう注文は十分だろう？　わたしの度量につけこむのはやめなさい。無欲になる理由は色々ある。第一、無欲な行為は美しい。君たちもせめて行為だけでも美しくなりなさい」

「そんなことをしなくてもわたしたちすでに美しすぎるほどです」

「どこまで迷いが深いんだ？　知らないのか？　キリストも釈迦《しゃか》も無欲になれと説いているだろう？　わたしの妻だって、わたしが羊羹《ようかん》を食べようとすると〈無欲になれ〉と説くんだ。これだけの有力者が説くことを君は否定するのか？」

「でも先生も説いてます」

「だから何なんだ！　信用できないって言いたいのか？　どこまでバカにするんだ。もうお手上げだ。君らにおごるんじゃなかった」

「えーっ、評判を上げるためにおごってるんですか？　評判を上げたいという欲のかたまりじゃありませんか。そこまで先生が強欲だとは知りませんでした」

よその助手

よその学科にも助手がいる。ちょうど、民放の番組にCMがついているのと同じである。どういうわけか、どこの助手もわたしの学科の助手と似たり寄ったりである。定期的に集まって行動をそろえる訓練をしているとしか思えない。

助手というものはたいてい、助手室にいる。また、たいてい椅子に座って机に向かっており、机に座って椅子に向かったりはしない。学生と話しているのを見たことはあるが、壁と話しているのを見たことはない。弁当を食べているのを見たことはあるが、ライオンに食べられているのを見たことはない。助手がボールペンを持って何かを書いているのを見たことはあるが、仕事をしているのを見たことはない。何よりも、わたしが丁寧に接しているのに、そろいもそろってわたしに対する態度にとげがある。

先日、情報処理センターに行くと、そこの助手の女性がボールペンを持って机に向かっていた。バーベルや棍棒《こんぼう》を持っている方が似合うのに惜しいところだ。

「メールの暗証番号をいただきに来たんですけど」

「身分証明書を見せていただくことになっています」

「でも、しょっちゅう顔を合わせているでしょう」

「いつも拝見するたびに、怪しいと思っていたんです」

「それは不思議だ。こちらも怪しいと思っていました」

「とにかく規則ですから身分証明書をお見せ下さい」

「でも貼ってある写真が……。異常に悪く写っているんです」

「顔に問題のある人にかぎってそう思うものです」

「そうですか。あなたも写真写りが悪いと思っているんですか。ただ、悪く写っているだけならいいんですが、あまりにも実物と違っているんです。写真よりそのボールペンの方がまだわたしに近い」

「安っぽいところがですか」

「とにかく身分証明書の写真を見ると、かえってわたし本人かどうか疑われるぐらいなんです。それでもいいですか」

「拝見します」

「仕方がない。わたしが疑われても知らないからね。じゃあ渡すから、見ないで下さいよ。見るなら目を閉じて見て下さい。あっ、見ちゃだめだ。目がつぶれる」

「なあんだ、よく写っているじゃありませんか。楽しみにしていたのに。よく写りすぎて先生だと分からないくらいですよ。鏡で顔を見たことがないんですか」

どの助手もこうだ。うちの助手が失礼な態度をとるのはまだいい。うちの助手に対しては、授業で教えたという弱みがわたしにある。だが、よその助手にこういう態度をとられるいわれはどこにもない。

もちろん、わたしは、どう扱われようと、仕返しをしようとするほど度量は小さくないし、仕返しするほどの度胸もない。一週間後、情報処理センターに電話をかけたらこの助手が出た。

「もしもし哲学の土屋ですが」

「コホン、もしもし、コホン」

「どうしたんですか。大丈夫ですか。食べ過ぎたんですか」

「いえ、コホン、この季節になると、コホン」

「この季節になると食べ過ぎるんですか」

「食べ過ぎなんかじゃ、コホン、ありません」

「じゃあ腹が減っているんですか」

「腹が減ったらなぜ、コホン、咳が出るんですか、コホン」

「すみません。早とちりして。じゃあ、満腹すると咳が出る体質なんですね」

「コホン、満腹なんかしてません、コホン」

「ほら、やっぱり食べ足りないんだ」

「食べてばかりいるみたいに、コホン、いわないで下さい」

「えっ、食べてばかりじゃなかったんですか。でも一日五食は食べるでしょう」

「コホン、三回に決まってるでしょう」

「えっ、一時間に三回も食べるんですか。それで食べ足りないんですか」

「コホン、ガチャッ」

わたしの心配が通じないところも、うちの助手そっくりだ。

話はズレる

意思疎通は難しい。話が食い違う場合、たとえば次のような教師と学生はどうすればいいのだろうか。

「この前の地震でうちの本棚が倒れたんだけどね」

「じゃあ、それまで本棚を立てていたんですか？」

「立てるだろう。ふつう」

「でも、携帯を使わないときは寝かせて置きませんか？　カレーも一晩寝かせた方がおいしいですよ」

「話が面倒になりそうだからサラッと流すよ。とにかく本棚が倒れたんだ」

「じゃ、食器棚も倒れたんですね？」

「いや倒れなかった。聞かれる前に言っておくが、本棚以外の家具も電気製品も壁も床も倒れなかった」

「ワニの置物もですか？」

「そんな物はもってないんだ。問題はこうだ。倒れた本棚に入っていた本を二、三割も捨てて、本を元に戻そうとしたら、本棚に入りきらなかったんだ」

「本棚が縮んだんですね」

「本棚が縮むか？」

「じゃあ、本が膨張したんですね」

「本が膨張するか？」

「収縮ならするんですか？」

「本は急に膨張も収縮もしないだろう？　それなのに入りきらないんだ」

「なんだ、じゃあ捨て方が足りなかったんですね」

「問題が分からないかな。いままで収まっていた本棚に入りきらないんだよ？」

「なるほど、本を捨てられないという問題ですね」

「まったく違う。別の例だが、古い衣装ケースから衣類を出したら、新しい衣装ケースに入りきらない。ケースは同じぐらいの大きさだし、膨張も収縮もしないんだ」

「安物の衣類なんだから捨てられるでしょう？」

「無視して話を進めるよ。電気製品を分解すると、部品は元通りに収まらない」

「窓ガラスが割れたり、桜の花びらが落ちても、元には戻りませんよね」

「話が少し違うなぁ」

「お金も出て行くと元に戻らないし、男女の仲も冷えると元には戻りません」

「ますます違う。空間の問題なんだ。いま整理法の本が売れているだろう？」

「スマートフォンも売れてます」

「そうだろうね。なぜ整理が必要になると思う？」

「整理してないからです」

「そうも言えるが、麻雀していないからといって麻雀する必要はないだろう？　整理してないからってなぜ整理が必要なんだ？」

「家族が怒るからです」

「そうも言えるが、整理が必要なのは、人間が空間を必要とするからだ」

「そうも言えます。空間がないと身動きできません」

「そこまで極端でなくても、適度な空間が必要なんだ。広けりゃいいというものでもない。どんな大富豪でも居間を野球場の大きさにはしないからね」

「どんな広さでも掃除は好きになれませんからね」

「それだけじゃないと思うよ。三センチ四方の居間でも掃除は大変だろう？」

「掃除が大変ですからね」

「どうも話が合わないな」

「先生、話を合わせる気があるんですか？」

「君の方がズレてるんだ」

「一人だけじゃズレることはできません」

「それはそうだが……」

「ほら、これで話が合ったじゃないですか」

「もういい。人間は空間を必要とするが、家具や置物で空間を埋めたがる」

「空腹も空の財布も満たしたいってことですね？」

「話を続けるよ。空間には心理的な面もある。結婚して何年かたつと家が狭く感じられるようになる」

「物が増えるし、身体も太りますからね」

「そんな話じゃないんだ」

「子どもも生まれますし」

「心理的な問題なんだ」

「そっか。中高年男は占有体積が大きすぎると感じられる現象ですね？　おっさんはアリぐらいの踏みつぶせる大きさになるべきです」

「やっと話が通じたと思ったら、意見が合わないな」

大人物すぎる

同僚のH教授は、堂々たる体軀《たいく》に恵まれ、大らかで男らしい性格だ。悠揚《ゆうよう》迫らぬ態度をくずさず、あわてる姿が想像できないほど落ち着き払っている。

大人物が見られない現在、こういう堂々とした大人物が近くにいるのは心強いかぎりだ。ただ、欲をいえば、もっと遠くにいてほしかったと思う。そして、こういう人物が、男性教官の中にいてほしかったと思う。

不運なことに、彼女とわたしは交代で会議の議長を務めている。このため、わたしは光栄にも、遠くから賞賛しているだけではすまない立場に置かれている。とくに光栄なのは、マイクをとってこいなどと気軽に数々の命令を発してくれることだ。

命令といっても口調は穏やかである。ちょうど家来にまんじゅうを買ってこいと当たり前のように命じる殿様のような態度である。ずっとそばにいたら「あの政治家が気に入らないから殴ってこい」「今降っている雨を止めろ」などと命令されるに違いない。神に向かってさえ、「そこの新聞とってちょうだい」と平気で言うだろう。

わたしは彼女に借金をしているわけではない。弱みを握られているとしても、人間性を知られている程度だ。また、危害を加えられたわけでもない（危害を加えられても不思議ではないが)。にもかかわらず、温厚なわたしは家来のように従順に従ってしまうのだ。認めたくはないが、人間の「格」というものがあるのかもしれない。

それにしてもなぜ平気で命令できるのか、不可解でならない。たぶん、細かいことにこだわらないため、わたしの事情などにこだわっていないのだろう。

先日、その謎が解けた。立食パーティーで、気がつくと光栄にも彼女が横にいる。わたしはどこまでも運の悪い男だ。

彼女がわたしの横に並ぶと、博多人形の横に金剛力士像を置いたように見える。まわりには、わたしが叱られているように見えただろう。教養が話題になり、彼女が言った。

「教養のある人はことばの端々に教養が出るわよね」

よかった、命令でなくて。わたしは思い切って言った。

「Hさんの場合はことばの端々に命令が出ますよね」

「えっ、どうして?」

「Hさんの疑問文や感想文って、実際には命令文でしょう」

「どういうこと?」

口調はおだやかだが威圧感がある。だが、ここではっきり言わないと男がすたる。わたしは三年分の勇気をふりしぼって、きっぱり言った。

「あのー、えー……」

「だから何なの?」

「えー、気を悪くしないでほしいんですが、このあいだの会議のとき、〈マイクがないんだけど〉とおっしゃったでしょう」

「そうかしらね」

「面と向かってああ言われたらだれでも命令だと思いますよ」

「へ〜、そうなの？　そんなふうに受け取られるとは知らなかった。はっはっは」

「知らなかったんですか？　じゃあ、マイクをとってこようという気持ちがわたしの中に偶然わいたと思ってるんですか」

「意外よねー、はっはっは」

「おことばを返すようですが、意外ですか？　そういう反応の方が意外です。この前の土砂降りの日なんか、会議の直前に〈資料がないんだけど〉とおっしゃったんですよ。土砂降りの中を数百メートル離れた建物までとりに行けという意味にしか考えられないでしょう」

「へー、そうなの。わたしはよく〈暑い〉とか〈寒い〉とか感想を言うんだけど、そのたびにだれかが窓を開けたり閉めたりするのよ。はっはっは」

信じられない思いだった。自分が命令しているという自覚がないのだ。大人物すぎる。

「そういう発言が命令だからですよ。今笑っておられるのでさえ、何かの命令ではないかと疑っているんだから」

「はっはっは、不思議よね。ことばって」

「ことばが不思議なんじゃなくて、人間の問題でしょう」

「えっ、どうして？」

「わたしがいくら感想をもらしても命令しても何も起こらないでしょう」

「ほんとだ！　どうしてかしらね。はっはっは」

彼女は楽しそうに笑うと、わずかに残っていたビールを飲みほし、空のコップを差し出して言った。

「のど、かわかない？」

女は礼儀に敏感である

わたしの大学には事務官がおり、その中には体力と体重に恵まれた中年女がいる。体力のせいかどうかは知らないが、彼女には娘がいる。その子が幼稚園の入園試験を受けたとき、身体測定で「お名前は？」と聞かれて、「知らない人には名前を教えない」と断ったという。裸にした上、名前を聞くのは失礼だ、と後で母親に言ったらしい。

女は三歳児でこうなのだ。わたしなら、裸にされて「お手」と命じられても何の疑問ももたずに従っていただろう。もちろんわたしも、今なら「不当だ」とつぶやきながら従うだろう。どうしてもがまんできないことを強要されたら、泣くぐらいのことはするはずだ。

何より驚くのは、この子どもが「失礼だ」という観念をもっているということだ。気に入らないことがあった場合の反応には、①「イヤだ」と言って断る、②「イヤだ」とも言わないで断る、③寝たふりをする、④「失礼だ」と怒る、などがあるが、この女の子は④の域に達している。わたしはいまだに「失礼だ」という感覚が身についておらず、そのため憤慨したり断ったりするのが非常に困難だ。かわいそうに、無抵抗のまま言うなりになるしかないのだ。

女は幼いころから「礼儀」という観念をもち、怒るのはたいてい「失礼だ」という理由からだ。男が怒る場合は「俺をバカにした。ゆえに許せない」と短絡的な論理になるが、女の論理は「わたしをバカにした。これは礼儀という社会的ルールに反している。ゆえに社会的に許せない」と、はるかに緻密《ちみつ》である。しかもこの論理は、プライドを傷つけられたという怒りに裏打ちされているため、女が「失礼だ」と言ったら非常に手強い（言わなくても非常に手強い）。

妻の友人の中年女が電車で三人分の空席の真ん中に一人で座っていると、後から乗ってきた二人連れの中年男が、どっちかに寄ってくれと頼んだ。だがその女は、男の態度が失礼だったため「イヤです！」と断ったという。

類は友を呼ぶと言うが、まるで妻がとるような態度だ（実際は妻がやったのかもしれない）。妻は、わたしの丁重な頼みを平然と断るから、わたしの言動あるいは存在あるいは収入を失礼だと思っているのだろう。

妻に言いたい。それほど礼にこだわるお前は孔子か？　尊敬すべき夫が礼を尽くして「新聞をとってきてくれ」「代わりに大学の会議に出てくれ」と頼むのを言下に斥《しりぞ》ける方が失礼だろう。お前はいろいろなことを「失礼だ」としょっちゅう怒っているが、自分のどこにプライドをもてるのか。わたしがお前なら自分に悲観して出家するところだ。お前は礼に敏感なくせに、やることが「むやみに金を使ってはいけない。わたしが使うんだから」など、アクドいだろう。

アクドいのは妻だけではない。わたしの大学の本田和子《ますこ》学長（仮名）がみんなのいるところでこう言った。

「土屋先生はうちの大学の先生のことを書いてらっしゃるのだから原稿料のオーバーヘッド（ピンハネのこと）をいただいたらどうかしら」

口調は丁寧だが内容はアクドい。それだけではない。わたしが得た情報によると、室伏教授とH教授が次のような相談をしていたという。

「ツチヤ先生はうちの教員をネタにしているから、原稿の知的所有権は大学に帰属するわよね。大学で書いてるんだし」

「でもヤツは喫茶店で書いているらしいですよ」

「それなら大学で書かせればいいわよ」

「いくらもらってるのかしらね」

「知的所有権というより恥的所有権よね」

もしわたしに礼儀の観念があったら、失礼だと憤慨して出家していたところだ。

ぼくはこんなところで働いている

待ちに待った学部長の任期満了の日が近づくと、足取りが自然に軽くなる。同僚が「もうすぐですね」と喜色満面で声をかけてくれる。わたしが学部長を辞めるのを、わたし以上に待ち望んでいるのだ。

最後の公式会議が終わり、学部長が集まって解散パーティーが開かれた。出席者は本田学長、平野人間文化研究科長、室伏理学部長といった女性実力者と、副学長をはじめとする小物男性陣だ。以前、副学長二人とわたしが話しているのを見た本田学長が「小悪人が集まって相談ですか」と言ったのだ（わたしは訂正した。「いえ、小悪人二人と紳士一人です。学長もどうですか。大悪人でも入れますよ」）。

本田学長は、わたしを見る目に問題はあるが、これほど頭がきれて有能な人を見たことがない。わたしを子ども扱いする女性実力者たちが、そろって学長に平伏《へいふく》しているほどなのだ。

パーティーは、わたしにとっては緊張していたにしては楽しい会だった。ここにいる人たちと縁遠くなる喜びが根底にあったからだ。むろん、メンバーのうち数人がその場にいなければもっと楽しかっただろう。せめて一人だけでもその場にいなければわたしには最高に楽しかっただろう。わたしがいなければ。

わたしが集中砲火を浴びたのだ。以下がすべて実話であるのが残念なところだ。

平野教授がわたしに言った。

「あなたの書いたものを読むと、まるでみんながわたしを怖がっているみたいじゃないの」

「もちろん、怖がっていない人もいますよ。平野さんを知らない人もいるから」

「なぜコワいと思うのよ」

「面と向かうだけで脅されている気になるんです」

「それはわたしがたんに背が高いだけでしょう。わたしはただ立っているだけじゃないの」

「金剛力士だって〈ただ立っているだけ〉ですけど、仁王立ちです」

「体格じゃないのよ、人間は。外見で人を判断してはいけないでしょう」

指で机を叩きながらわたしを指弾する態度は、どうみても社長が部下を叱りつける態度だった。

平野教授は学者らしくこう締めくくった。

「あなたは岡山出身よね。人の命令を断れないっていうのは、西の文化だからかもしれないわね。関西より西は婉曲《えんきょく》で繊細な文化だから。それがこちらで通じないのよね」

繊細な文化を踏みにじっているという自覚はあるのだ。だが、わたしは文化の問題ではないと思う。

室伏教授が言った。

「ここにおられる先生はみなさんお茶大を愛する方ばかりですよね」

「お茶大のためならツチヤの一人や二人どうなってもいいほどですからね」

わたしがこう言うと、本田学長が即座に否定した。

「いいえ。ツチヤの三人や四人です」

わたしは職場でこんなに大切に扱われているのだ。

室伏教授がとりなすように言った。

「でもツチヤ先生の発言も磨きがかかって、さっきの会議ではとてもいい意見をおっしゃってました」

学長もこれには同意した。

「そうよね。覚えてないけど」

ここまでくると室伏教授も、とりなす試みを完全に放棄して、学長に報告した。

「先週、ツチヤ先生が熱をお出しになったんです。みんなで知恵熱だろうと言っていたら、羽入《はにゅう》先生が〈ツチヤ先生はしょっちゅう知恵熱を出しているのに、いっこうに知恵がつかない〉とおっしゃってました」

弱者をいたわりなさいと学長が注意してくれるのを期待したが、違っていた。

「知恵熱じゃなくて知恵取り熱かもしれませんね」

こういう人たちの中でよく一年半も過ごせたと思う。

回数の問題

アメリカでは、夫は妻に毎日「愛してる」と言わなくてはならないらしい。日本の夫は違う。理由は、人によって「〈愛している〉という不自然な日本語は使いたくない」「正直に生きたい」など色々だが、多くの夫の考えはこうだ。

「結婚式のときに神前で誓った通りです（何を誓ったかは思い出せませんが）。この誓いは変更の届けを出さないかぎり有効です。右、相違ありません」

女はこういう態度が許せないらしい。学生に女の気持ちを語ってもらった。以下はその内容である。

＊

わたしはときどき「わたしってきれい？」と彼に聞きますが、これは自分の美しさに疑問をもっているからではありません。「きれいだよ」以外の答えがあるとは想像もしていません。それでも彼にたずねるのは、わたしのきれいさを思い出させるためです。自分の子どもに名前を覚えさせるときに「あなたのお名前は？」と聞くのと同じです。

先日、「このセーター似合う？」と彼に聞きました。「わたし、きれい？」というのと同趣旨の質問です。すると彼は「昨日言っただろう」と答えました。これには腹が立ちました。「似合う？」と聞かれたら答えは「うん」しかありえません。わたしは「五次方程式の解は？」という難しい質問をしているのではなく、「うん」ですむ間違えようのない簡単な質問をしているのです。なぜ「昨日言った」というありえない間違い方をするのでしょうか。底知れないバカです。

わたしが「一回言えばすむってもんじゃないのよ」と教えると、バカ男は「じゃあ何回言えばいいんだ？」と聞いてきました。人間はどうしてここまで愚かになれるのでしょうか。「そんな問題じゃないでしょう」とたしなめると、彼は「でも一回ではダメなんだろう？百回言えばいいのか？」とたずねました。殴ってやろうかと思いました。「回数を問題にするのが間違いなのよ」と答えると、バカ男は「君が一回ではダメだと言ったんだ。回数を問題にしたのは君だ」と言い返しました。絞め殺してやろうかと思いました。

怒りを抑えて「かわいい子犬を飼っていたら毎日〈かわいい〉と言うでしょう？　何回言えばいいかという問題じゃないのよ」と嚙んで含めるように説明すると、彼は「でも、おれが小学校で学級委員になったことがあると何度か言ったら、君は一回言えば十分だと怒ったじゃないか」と反論しました。わたしが武士なら叩《たた》っ斬《き》っていたところです。くだらない自慢は一回でも多すぎることがなぜ分からないのでしょうか。

では男はどうすればいいのでしょうか。

男は何も聞かれなくても「似合うね」と毎日言い続けなくてはなりません。しつこく続けると、わたしもうるさく思うようになって、ついには「もう言わなくていい」と言うようになります。ここで勘違いしやすいのですが、わたしがそう言っても、ホメるのをやめてはいけません。「いや～似合う！　言うまいとしても、つい言ってしまう」と言わなくてはなりません。

次に会ったときも気をゆるめず、ホメ続けなくてはなりません。わたしが「もう言わなくていいと言ったでしょう？」と迷惑そうな顔をしたら、「ごめん、しつこいよね。でもどうしても言ってしまうんだ」と答えてください。

これを会うたびに繰り返します。最低でも五回は続けます。本当に迷惑そうな様子になったら、さらに五回続けます。これだけやれば、問題が起こるのを三分の一に減らすことができます。確実を期するなら、服が新しいかどうかに関係なく毎日ホメ続けてください。

ソクラテスの口説き方

ソクラテスの口説き方はいくつか伝えられているが、いずれもきわめて独創的なものである。そのうちの一つは、こうだ。

「君を愛する男は多いが、美しいといって君を賞賛しても、賞賛しているのは君の身体だ。みんな君の身体目当てなのだ。だが、さっき論証したように、君自身と君の身体は別のものだ。君の心こそ君自身なんだ。わたしは他の男とは違って君の心を愛している。だから君を愛しているのはわたしだけだ」

学生に聞いてみた。

「こういう口説き方をされたら、心が動くかね」

「そうやって口説いてくる男はディカプリオ級の男ですか」

「そういう男が君を口説いたりするか。君を口説く暇があったらコオロギの観察でもしているはずだ。外見は、ソクラテスだから、オヤジだと思っていい」

「それなら問題外です」

「外見がすべてなのか」

「外見だけじゃありません。たとえば、先生がディカプリオの顔と身体をもっていたとしても、気持ち悪いだけです」

「じゃあ、今のままでもさぞ気持ち悪いことだろうね。しかし外見にこだわらないというなら、ディカプリオがわたしそっくりの外見をしていても、気にしないんだね」

「気持ち悪いことを想像させないでくれませんか。気にしないはずないでしょう」

「じゃあ、ディカプリオが心も身体もすべてわたしとそっくりになったとする。これも当然駄目だろうね」

「当たり前でしょう。それはディカプリオじゃなく先生です」

「日本語もできるんだよ」

「これ以上ディカプリオ様を冒瀆《ぼうとく》するのはやめて下さい」

「それより、わたしを冒瀆するのをやめなさい。このさい外見は無視しよう。ソクラテスの口説き文句に心は動くかね」

「まったく心は動きません。ディカプリオじゃないんだから」

「ディカプリオは忘れなさい。心を動かされてもいいんじゃないのか。身体目当てというのを女は嫌がるだろう。男が〈あなたの身体ではなく心が好きなんです〉といっているんだよ」

「でも、本心は身体目当てかもしれません」

「それなら、男がこういったらどうだ。〈あなたの顔も身体も嫌いです。純粋にあなたの心が好きなんです。本当をいうと、あなたの顔や身体なんか見たくもありません。できれば直接会わないで、電話かメールでお付き合いしたいんです〉と。こういわれたらうれしいんだね」

「うれしいわけがないでしょう」

「ほら、やっぱり身体を求めてほしいんだ」

「違います。心も身体もわたしの一部です。全部を好きになってほしいんです」

「えっ、本気でそう思っているのか。心というのが何を意味するか分かっているんだろうな。心というのは、プリンのことじゃないんだよ」

「そんなこと分かってます」

「心というのは、感情、性格、考え方、感じ方も含むんだよ。君は自分のその部分を愛されたい、と主張しているんだよ。気はたしかなんだろうね」

「もちろんです」

「では、こういわれたらどうだ。〈あなたの心も身体も好きです。あなたのあるがままが好きなんです。ディカプリオに口説かれるかもしれないと無茶な思い違いをするところ、勝手で独善的なところ、ゆがんだ背骨にゆがんだ性格、長い胴体に短い脚、低い知能に高い体脂肪率、狭い心に広がった胃袋、こういうあなたの全部が好きです〉といわれたら、うれしいんだね」

「うれしいわけがないでしょう。全部悪口じゃないですか」

「よく気がついたね。しかし、かりに〈謙虚でやさしい性格、高い知能、長い脚、その全部が好きです〉といったら、君をほめているんじゃなくて、別の女をほめていることになる」

「でもそれくらいほめてくれないと心は動きません」

「ということは、重大な勘違いをする男でないと満足できないわけだね」

「それほど大きい勘違いじゃないと思いますけど」

「そう思っているなら、重大な勘違いをしているのは君自身だ」

「そんなことをいわれたら、たとえ好きな男でも嫌いになります」

ソクラテスの口説き方は効果がないようだ。

女に関するわたしの研究課題

人生は挫折の連続である。昔は、女を思ったように操りたいと思っていたが、操られ方が上手になっただけだった。女を理解するだけでもいいと思ったが、理解するには人生は短すぎることが分かった。せめてどうすれば女に怒られないですむかを模索したが、試すたびに怒られただけだった。

今では怒られるのは不可避だとあきらめ、怒りをやわらげる（金品によらない）方法を究明するのがわたしのライフワークだ。学生たちに言った。

「たとえば勝手に羊羹を食べて怒られたとしよう」

「ご自身の相談ですか？」

「違う。わたしの家では絶対にそんなことで怒られることはない。勝手に羊羹を食べたりしないんだ」

「羊羹ってそんなに大問題なんですか」

「大問題だと思う女がいるんだ。例を変えよう。君らの彼氏が浮気したとする」

「ありえません」

「でも想像はできるだろう。君たちと付き合っていながら浮気をするんだから信じられないほど怖いもの知らずだ。彼氏がそういう男だったら君らは怒るかね？」

「当たり前でしょう」

「そうなったら、男にはもう救済の道はないのか？」

「虫がよすぎるでしょう。浮気しといて何が救済だ、一年間滝に打たれてこいってことです」

「怒りがやわらぐようなことばとか、ないか？」

「あるわけないでしょう。何を言っても腹が立つし、黙ってれば黙っていたで腹が立つんだから」

「たとえばこう言ったら？〈君を怒らせるつもりはなかったんだ。その証拠にぼくは浮気を君に隠そうとした〉」

「えーっ！　頭がおかしくなったんですか？　隠そうとしたのならよけい腹が立つに決まってるでしょう」

「君を傷つけまいとして隠したんだよ？」

「でも怒られるようなことをしたから隠したんでしょう？　怒られるようなことをするのが悪いんです」

「しかし浮気は社会的に悪いわけじゃないだろう。恋人に対して悪いだけだ」

「そういうのが一番腹が立つんです」

「分かった。浮気は悪いとしよう。だが正確に言うと、君は男が浮気したから怒るのではない。

男がいくら浮気しても、それを知らなければ君は怒らないはずだ。ケーキをいくら食べても脂肪がつかなきゃ太らないのと同じだ。男が浮気したことに加えて、君がそれを知ってはじめて君は怒るんだ。君を怒らせまいとして隠すんだからホメられてもいいんじゃないの？」

「ホメられるわけがないでしょう。わたしは浮気に怒っているんです。浮気を知ったことに腹を立ててるんじゃありません」

「でも君が浮気に怒るためには、浮気したことを知らなきゃいけないんだ。君はケーキを食べて太ったんだ。体脂肪を食べて太ったわけではない。が、脂肪がつかなきゃ太らなかったんだ」

「関連があるんですか？　それって、もしかして個人攻撃ですか」

「たんなる例だから落ち着きなさい。君を大事に思うから浮気を隠したんだ。決して自分が怒られないようにという目的で隠したんじゃない。ぼくは君を傷つけないためにはあらゆる努力を惜しまないんだ。こう言ったら？」

「張り倒します」

「浮気は悪かった。そしてバレたことについては謝る。でも隠そうとした分、罪が軽くなるはずだろう？　第一、浮気しておいて隠そうともしなかったらもっと悪いんじゃないのか？隠すのは思いやりだ。それを〈なぜ隠した〉と責められたら立つ瀬がない」

「立つ瀬なんか求める資格がないでしょう。あーっ、だんだん腹が立ってきた」

どうすれば怒りをやわらげられるのか、解明にはほど遠い。

女の論法の研究

女の論理的能力は男をはるかにしのいでいる。日ごろ論争に明け暮れている哲学者でも、女との口論に勝つ男はいない。なぜだろうか。

女の論法は反論しにくい構造になっている。たとえば、女はよく「三年前に約束した」などといい張るが、過去のことは検証できないため、反論不可能である。さらに、未来も検証できないことを利用して、「あなたの給料が上がったら小遣いを増やす」などと誓う。実際に給料が上がったら再び過去か未来に話をもっていく。

検証不可能な過去や未来に話をずらす手法は初歩的な手口にすぎない。実際にはもっと精妙深遠な手を使う。以下の例は特定の人物を念頭においたものではない。実在の人物と酷似していたとしても、たんなる偶然である。

女がバッグがほしいと思ったとしよう。勝負はだいぶ前から始まっている。女はふだんから、男に負い目を感じさせることを平気でいう。「あなたと結婚して、わたしはこのまま年をとっていくだけなのね」などという。このまま年をとるのがイヤなら、お前は死にたいのか。年をとるのはおれのせいか。と思うが、しんみりと述懐調でいわれるため、何となく男に責任があるような気にさせられる。

このような背景の上に、女はバッグを買うという。バッグは何個ももっているのに買うという。男が二着しかない上着を買い替えるのは許さないのに、自分のバッグは買うという。男が賛成の意を表明しかねていると、女はこういう。

「わたしに幸福になってほしいと思わないの？」

見事な攻め口だ。「思わない」と答えることは、男には不可能だ。女は、この種の反対できない発言を多用する。「愛していないの？」「わたしのことなんか、どうでもいいと思っているの？」などがそうだ。

この手法は、一般にも使われる。女より説得力は劣るが、さまざまな場面で、人権、平和、平等、個性、変革など、反対できないことを前提にして話を進める手法が広く利用されている。

女は男が反対しないと見るや、これを不動の前提にする。

「だったらバッグを買ってもいいわよね」

男がこの展開に驚き、「幸福とバッグがどう関係するのか」と問うと、女はこういう。

「あのバッグがないと幸福にはなれない。とにかくわたしはそうなの」

巧妙である。どういうときに幸福な気持ちになるかは個人の感覚の問題だ。正しいとか誤っているといった問題ではないから、反論は不可能である（「痛い」という相手に「それは間違いだ」とはいえない）。バッグを購入するかどうかという問題が、個人的な感覚の問題にすり替わっているのである。

同様に、女が「こんな狭い家にはもう耐えられない」などというのも、感情の表明だから反論は不可能だ。「好きな男といっしょに暮らせるなら、どんなことにも耐えられるんじゃなかったのか」と無理に反論しても、「そうよ。好きな男とならね」などといわれるだけだ。

男が話を本来の論点に戻し、「そのバッグはちょっと高い」と渋ると、女はこういう。

「男のくせにどうして細かいことにこだわるの」

見事である。どんなに高額でも、見方次第で「細かい」「どうでもいい」と考えることができる。それを大げさに考える態度を男らしくないと非難しているのだ。これによって、バッグの購入の問題は、男の生き方の問題になる。男自身、男は金銭にこだわるべきではないという観念に縛られているため、反論するのは困難だ。たとえ反論しても、「理屈をいうなんて男らしくない」というトドメの一言が待っている。

最近、男女のあり方が変化したため、女の手口はさらに多彩になった。男が「女のくせに」というと、「そんな古くさい考えの持ち主とは知らなかった」と軽蔑する一方で、「弱いのは男らしくない」、「強がる男はかわいくない」などと場合に応じて都合よく使い分けている。

以上に加え、女には最後の手段として、「人生は理屈じゃない」という伝家の宝刀がある。男が勝てるはずがない。感心するのは、女は、これほどの議論の達人でありながら、絶対に過信しないことだ。議論すれば圧勝を収めることが分かっていても、大事をとって、本当にほしいものは黙って買っているのだ。

女の論証テクニック①

わたしは心身ともに弱い人間である。それだけに、強いものにはあこがれの気持ちを抱いている。プロレス、グレイシー柔術、各種格闘技のチャンピオンなども尊敬しているが、とりわけわたしがあこがれているのは女である。女は長生きするなど体力面で強いだけでなく、精神面でも強く、口論などでも男を圧倒する。見た目にはいかにも弱そうだが、フグでも何でも、無害な外見をしているものが本当は怖いのだ。女の中には外見まで強そうなのもいるが、そういうのは本当に危険である。

わたしは女の強さからなにがしか学んで精神面の強化をはかりたいと願っている（体力の強化はあきらめている）。その矢先、女の強さの秘密の一端をかいまみる出来事を目撃した。

電車に乗っていたときだ。小学生の男の子と女の子が電車に乗ってきて並んで席に座った。後から乗ってきた小学生の一団がそれを見つけ、「やーい、二人はつきあってるんだ」とはやし立てた。

こういう場合、二人は何らかの仕方で反撃に出る必要がある。男の子は、むきになってこういった。

「違うよ。つきあってなんかないよ。おれ、こいつのこと嫌いだもん」

この反論は明らかに弱い。嫌いならどうして並んで座るのか、とつっこまれるのが目に見えている。論理として弱いだけでなく、女の子を蹴落として自分だけ助かろうとする卑しい根性丸出しである。

そのとき業をにやしたかのように女の子が反論した。

「つきあってなんかないもん。つきあうっていうのは、手をつないで帰ったり、一緒にアイスを食べたりすることだけど、わたしたちそんなことしてないもん」

なんと見事な反論だろうか。女の子はまず「つきあう」ということばの定義を述べ、自分たちの状態がその定義に合っていないことを指摘し、だからつきあっていないと結論づけている。これは数学など厳密な科学で使われているのと同じ方法で、論証の形式としては完全に正しい。

それだけに、女の子に反論することは非常に難しい。女の子に反論しようとすると、「つきあう」ということばの定義の仕方に疑問を呈するくらいしかないだろう。だが、「つきあう」といったことばの定義は、実はきわめて難しい。「つきあう」の定義が何かということが問題になったら、果てしない議論になってしまい、決着がつかない可能性が非常に高い。

このように女の子の発言は、反論が難しいうえに、二人がつきあっているかどうかという問題を、ことばの定義の問題に転換する効果もある。男の子の発言とはレベルが違うのである。

この女の子が特殊だというわけではない。わたしが学生にこの話をしたところ、一人の学生は、小学生のときに毎日、三段論法の形式で日記を書いていたといった。たとえば、「ひいきされるというのは、一人だけかわいがられるということだ。A子ちゃんは一人だけかわいがられている。だからA子ちゃんはひいきされている」といった形式で毎日書いていたという。

このように女たちは論証のテクニックを身につけて生まれてくるばかりではなく、日々テクニックに磨きをかけているのである。

これも一部の特殊な女だろうと思われるかもしれないが、そうではない。

たとえば、ほとんどの女は「愛しているなら、ダイヤの指輪買って」くらいのことはいうだろう。このことばは男にも分かるように簡単な形で表現しているため、一見すると甘えているだけのように思われるかもしれないが、これまで述べたのと同じ手法を使っている。「愛しているということはダイヤの指輪を買ってくれるということだ」と定義し、そこから「買わなければ愛していない」と結論づけているのだ。

女の論証テクニックは他にもあるが、この定義による手法だけでも応用範囲は非常に広い。男の中にも稚拙《ちせつ》ながらこのテクニックを身につけた者もいる。応用法については次回にゆずる。

女の論証テクニック②

女の何気ないことばにはさまざまな論理が隠されており、油断できない。たとえば女がこういったとしよう。

「また高い本を買ったりして、どういうこと？　今月はもう生活費が底をついてるのよ。稼ぎが少ないんだからちっとは家計のことを考えたらどうなの」

このありふれた発言を、たんに女が怒っているだけだと考えたら大間違いである。この種の発言は厳密な定義に裏打ちされているのだ。たとえば、「高い本」とは、「二千円以上の本、または一ページあたり十円を超える本」のことである。「生活費」とは、「食費、水道光熱費、および妻の衣料・交際・遊興費」のことである。「稼ぎが少ない」とは、「近所のAさんと比較して少ない」ことである（どうしてザイールの国民平均所得と比較しないのか）。このように厳密に定義したうえで発言していることは、ちょっと（数時間以上）議論してみれば分かる。

さらに議論すれば、それ以外にも分かってくる。「やさしいっていうのは、マザー・テレサとかわたしのようなのをいう」とか「美人とは、沢口靖子とかわたしのような女だ」と定義していることが分かるであろう（「とか」というのは何なんだ？）。

このような勝手な定義の上に築かれた信念をくつがえすことは不可能である。たとえば「この本は決して高くない」と反論しても、女の定義では高いのだ。結局、「高い本」の定義をめぐって何時間も争う覚悟がないかぎり（一回争ってみれば、そんな覚悟はできないはずである）、泣き寝入りするしかない。もちろん「お前は横暴だ」といっても通用しない。彼女の中では、「横暴とはわたしのいうことをきかないことだ」と定義しているに決まっているのだ。

よく「夫は理解がない」という女がいる（こういう女はきまって結婚している）が、どうしてこういう女の話を理解できるだろうか。もちろん、女は「理解できるはずだ」と主張するであろう。「理解する」とは「わたしのいいなりになる」と定義しているからである。

これほど洗練されたやり方でなくてもよければ、だれでもこの手法を使うことができる。やり方は簡単だ。自分の主張に合わせて勝手に定義すればよい。たとえば、「主体的であるとは、他人のことを配慮しないことだ」、「病気があるくらいでないと健康とはいえない」、「楽しいものは芸術とはいえない」、「個性的な服装とは、仲間と同じ服装のことだ」、「深遠とは、理解できないということだ」、「勉強とは机の前に座っていることだ」などと定義すればよい。

いくらなんでも自分の定義は勝手すぎるのではないかと思う場合もあるだろうが、そのような場合は、「真の」とか「本当は」などをつけるとよい。

哲学者はこれを得意としてきた。自分の勝手な定義を基にして、「時間は、本当は存在しない」、「世間でいう幸福は、真の幸福ではない」、「確実だと思われているものは本当は疑わしい」など、常識に真っ向から対立する主張をしてきた。これをみても分かるように、ふつうのことばをほとんど正反対の意味に使ってもかまわないのだ。

哲学者以外にも、同様の主張をする人はいる。たとえば、「真の民主主義とは、人々の声に耳を傾けないことだ」、「真の防衛とは、国を防衛しないことだ」、「子どもを教育するとは、子どもの理解につとめ、何も教えないことだ」、など。人間というのはどこまで勝手になれるものかと思う。

いま、担当の編集者から原稿の催促がきた。二日前、「原稿は一両日中に送ります」といっておいたのだが、「一両日中」を「一週間以内」とわたしが定義しておいたのが通じなかったのかもしれない。

魔の二歳児

だれにも欠点はあるが、いつ欠点を身につけたのだろうか。わたしが思い出せる最も幼いころには、現在の欠点は全部もっていたように思う。臆病で意志薄弱で根性がなく、ラクな道を選び、ムシのいい願望を抱くといった欠点はすでにもっていた。だが生まれた瞬間からそうだったとは考えにくい。いつからそうなったのか。

その疑問が、知り合い（仮に岡本氏とする）の話を聞いて解けた。その軽薄な男（その証拠にわたしの知り合いだ）には女の子がいる。実にフビンだ（女の子が）。二歳になるという。競馬のサラブレッドなら活躍する年頃だが、人間の二歳児は第一反抗期で「魔の二歳児」と言われるほど手が焼けるらしい。自分がたんなる愛玩物ではないことを親に思い知らせるために必要な反抗なのだろう。

岡本氏の話を聞いて、二歳児に成人女性の性質（欠点と言ってもいい）の萌芽が見られることが分かった。以下に列挙する通りだ。

①**表現力**　その子は「パパの顔ばっちい」とか「パパキライ」と言うらしい。語彙《ごい》は乏しいのに、必要なことを言い尽くす表現力といい、ことばを攻撃の道具として使う点といい、成人の女と同じだ。ことばを使わなくても、父親が横に座るとわざとらしく距離をとるという。

奥さんの真似をしているらしい。岡本氏は反抗期のせいにしているが、本当に嫌っているとわたしはにらんでいる。いずれ語彙が増えれば、母親の料理を前にして「おばあちゃんのごはんの方がおいしい」などと親が一番嫌がることを言うようになる。

②**判断基準**　「パパキライ」のように万事を好き嫌いで判断する。「イヤ」「キライ」「かわいい」など気に入るかどうかで判断するのは成人の女と同じだ。

③**演技力**　この子はすでに嘘泣きをするらしい。目をこすりながら「え〜ん」と言い、指の間から親の様子をうかがうという。もう少したてば涙を出せるようになる。泣くという生理現象を使って自分の欲求をかなえるのは成人の女と同じだ。

④**交換条件**　最近、この子はチューをしてくれず、「遊んでくれるなら」と交換条件をつけるらしい（岡本氏はこの子が寝ている間に思う存分チューをしている）。男の欲求につけこんで自分の望みをかなえる大人の女まであと一歩だ。

⑤**論理性**　岡本氏が「そんなことをする子はパパの子じゃない」と叱ると、この子は「〈お前はパパの宝物だ〉と言った！」と反論したらしい。相手の矛盾を鋭く攻撃する論理性が出来上がっている。

⑥**非論理性**　機嫌が悪いときは、外で遊ぶと言うから外へ連れて行こうとすると「行かない！」と言い、「じゃあやめよう」と言うと「ヤダ、行く！」と言うらしい。他人の矛盾は許さないが、自分の矛盾は気にしない。この点でも大人の女そのものだ。

⑦**男をアゴで使う**　岡本氏は、よその子を見るたびに「勝った」と思うらしい。自慢気に子

どもの写真をわたしに見せたが、どうひいき目に見ても十人並みの子だ。このような親バカに育てられると、子どもは自分には価値があると過信し、「男は何でも自分のいうことを聞く」と考えるようになる。先日も岡本氏は午後ずっと、壁一面に新聞の折り込み広告をセロテープで貼るのを下僕のように手伝わされたという。男を自分の欲求を満たすための道具として使う能力がすでに備わっている。

＊

この自我の発達は二歳に始まり、女は歳とともに手がつけられなくなる。だが天は公平だ。この子がやがて結婚して自分の産んだ子が二歳になると手を焼き、自分以外にも強力な自我をもった者がいることを思い知らされるのだ。

感動的な行為の影響

わたしの知り合いに、純粋な日本人なのに「カトリーヌ泰子」と自称する中年女がいる。なぜそう自称するのか知らない。猛威をふるったハリケーンに憧れたのかもしれない。あるいは、彼女の最大の長所は顔が大きいことだから、「カトリーヌ」は「顔が大きい」という意味だと思っているのだろう。正しくは「ガスタンク泰子」か「モアイ泰子」にすべきだが、どう自称するかは本人の自由だから仕方がない。

彼女は夫を「ハロルド荒井」と呼んでいる。たぶん「ハロルド」が「顔の大きい女の夫」という意味だと思っているのだろう。

少し前、カトリーヌが脳出血で倒れた。幸い命に別状はなかった。脳出血の原因は酒の飲み過ぎか、頭蓋骨の大きさに比べて脳が小さすぎるためではないかと推測されたが、本人は脳に出血が起こったためだと主張した。

その後、カトリーヌは病院でリハビリに努めた。百日におよぶ入院中、ハロルドは、気が進まない日以外は欠かさず病院に通い、献身的に看護した。そのかいがあったのか、病院でのカトリーヌの素行が悪かったためか、入院費を滞納したためか、結果的に退院となった（彼女を退院させるのは虎を野に放つようなものだと危惧する声もあった）。

ハロルドは妻を励ますため、脳出血で倒れた日を結婚再出発の日と決め、妻に内緒で結婚指輪を買った。内緒にしておいて突然指輪を渡して驚かせるぐらいのインパクトを与えないと、カトリーヌが指輪を贈られたことに気づかない恐れがあるのだ。

ハロルドの思いやりにわたしは感動した。何と美しい夫婦愛であろうか。厳密に言えば、何と美しい夫の愛であろうか（というのも妻は、再出発するなら別の男の方がいいと考えているかもしれないからだ）。

わたしはこの感動を伝えようと妻に話した。美しい心をもつ可能性に目を開かせ、人間らしい心を取り戻してもらい、ひいては家庭平和を構築するためだ。

ところが驚くことに、妻は感動するどころか、腹を立てて、わたしを責めた。

「わたしたちは新婚旅行もロクにしていないっ！」

指輪と旅行の間にどんな関係を見出したのか知らないが、感動するポイントがつかめていないのだ。

知り合いの男も奥さんに同じ話をしたところ、奥さんに感動する様子は見られず、自分たちの結婚記念日はいつかと質問され、正しく答えられなくて（五回答えて全部外れたのだ）、こってりしぼられた。指輪と記憶力の間にどんな関係があるというのだろうか。

こうして、ハロルドの感動的行為のおかげで二人の男が迷惑をこうむった。

話を聞いた妻が二人とも怒ったという事実を考えると、女にはすべて、理解力と感動する心が欠けていると推定される。サンプルの妻二名が特殊だということを考慮しても、推定百人中二人もの女に感動する心が欠けているのだ。

類は友を呼ぶのか、カトリーヌの仲間も感動しない者ばかりだ。中井貴恵（偽名）グループとその家族たちがカトリーヌの仲間だ。彼らは指輪を渡すだけでは感動できないと考え、カトリーヌ夫妻に内緒で「再結婚式」を企画した。その中で指輪贈呈を行えば、いくら感受性の鈍い者でも何が起こったかを理解して感動するはずだ。

そういう企画も知らず、清らかな学究生活を送っていたわたしに、突然、式典に参加しろという連絡があった。拍手する人間が足りないからではなかった。「ケンジントン土屋」という名の牧師の役をやれというのだ。セリフを指定した台本まで送ってきた。これで、感動を盛り上げようとする狙いは最初からなかったことが分かった。

【続く】

牧師になった

自称カトリーヌが病に倒れた。夫の通称ハロルドは過去に犯した自分の罪を悔い改め、結婚指輪を買い、他の女性二人の不興を買った。中井貴恵（偽名）グループが夫妻に内緒で再結婚式を企画した。わたしは牧師の役だ。以上が前回、格調高く綴った内容だ。

カトリーヌとハロルド夫妻の家にひそかに着くと、退院祝いの会が開かれていた。わたしは別室で、用意された黒のレインコートをはおり、十字架形の紙を貼りつけた灰色のマフラーを首にかけ、聖書をもった。その姿は敬虔な牧師か、牧師に扮した不信心な大学教師に見える。

その姿で「貧相に登場」と書かれた台本通り、しめやかな音楽にのって登場した。

わたしの姿を見て、夫妻は、わたしが牧師に転職したと思ったのか、それともわたしの神々しい姿に打たれたのか、驚きの声を上げた。わたしは台本にアドリブを加えて厳粛に言った。

「お二人の結婚を祝福するため、神を代理してここへンピな田園調布まではるばるやってきたケンジントン土屋です。わたしのバックには神がついていますから失礼のないように。その上、妻もついていますから、もうおびえるしかありません、わたしは。お二人、こちらへお進みください」

手にもった聖書を適当に読み上げようと開いたが、文字が小さすぎて読めず、断念する。

「なんじハロルド、（カトリーヌを指して）この者を妻とし、健やかなるときも、病めるときも、顔が大きくても態度が大きくても、これを敬い、これを助け、命の限り愛することを誓いますか？　あ、ちょっとお待ちください。あなたの無謀とも言える勇気には頭が下がりますが、答える前によ〜く考えてください。あなたは脅されているのではありませんか？一時の気の迷いではありませんか？　もとの結婚と同じ誤りを繰り返してもいいのですか？〈結婚〉ということばの意味が分かってますか？　酔ってませんか？　相手を間違えていませんか？」

念を押しすぎたのか、ハロルドがカトリーヌの顔をしげしげと見るので、あわてて注意した。

「見れば見るほど決心は鈍りますよ」

結局、ハロルドは「誓います」と答えた。思った通り、軽率な男だ。

「なんじカトリーヌ、（ハロルドを指して）この者を夫とし、健やかなるときも病めるときも、生けるときも死せるときも、ボールベアリングを語っているときも（ハロルドが仕事のベアリングについて語ると長いのだ）、これを敬い、これを助け、命の限り愛することを誓いますか？　あなたの場合、選択肢はありません」

カトリーヌが「誓います」と答え、いよいよ指輪の交換だ。ハロルドが内緒に買っておいた結婚指輪を妻の太い指に苦労してはめる。さしものカトリーヌも涙にくれている。感動の瞬間だ。人間はこうやって軽率な行為を繰り返すのだ。

　中井貴恵グループの一人が英文の印刷物を差し出した。本物そっくりに作ったアメリカの結婚証明書だ。この連中はこうやって色々偽造しているのだろう。

「お二人は念書に署名しなさい。わたしは連帯保証人になるのをお断りします」

　こう言ったが、証人の欄に署名させられた。どうせ偽造書類だと言い聞かせる。

　わたしが結婚成立を宣言すると、もう引き返せないことを分からせるように、結婚行進曲が流れ、ライスがふりまかれた。万全の配慮だ。ライスも、後で掃除しやすいようにセロハンの袋に小分けされている。

　こうしてハロルドの感動的行為は取り返しのつかない結果に終わった。わたしの演技も賞賛された。「貧相に登場」の演技は誰にも真似ができないといって。

愛が分からない

愛とは何だろうか。

わたしはこの問題を長年探究してきたが、いまだに答えを見出していない。過去、答えを提出してきた哲学者もはっきり分かっていたとは思えない。

愛が何であるかを正確に知っているのは、女だけだ。男は、どういうことをすれば愛していることになるのかを知らない。

たとえば女は「愛しているならハンドバッグを買って」とか「買っちゃいけないの？　愛していないの？」という（これはわたしの家のことではない。わたしの妻は何の相談もなく欲望のおもむくままに買っている）。

何か買いたいときは「愛しているなら」というフレーズを付け加えればいいのかと思って、男が、

「愛しているなら、通勤用のカバンを買わせてほしい」というと、

「そんな無関係なことで愛をもちださないでよ」といわれる。なぜハンドバッグとカバンでこんなに差があるのか、男には見当もつかない。

もっと控えめなことならいいのかと思って、男が「愛しているならそこの新聞をとってく

れ」というと、

「とぼけたことをいう暇があるならゴミを出して古新聞をまとめて洗濯物を取り込んでよ」

といわれるのだから、混乱するばかりだ。

愛することがどういうことかを女がどこから割り出しているのか、謎というしかない。

これまでの血のにじむような経験で知りえたかぎりでは、愛するとは次のことである。

ハンドバッグは買うが男物のカバンは買わない、どんな料理を出されても明瞭な声で「おいしい」と賛嘆しつつ一口も残さず食べる（スーパーの惣菜売り場で買ったものは賛嘆しない）、虎屋の羊羹は全部相手に譲る、何か頼まれたときは嫌な顔を見せない、催促されても嫌な顔を見せない、再度催促されたときは、病気など、納得してもらえる理由を用意している、数十年前の約束や相手の誕生日などを忘れない、相手の名前を忘れない、お茶をいれてくれとか新聞をとってくれなど頼まない（とくに相手が睡眠中であったり、熱を出していたりするとき）、服や髪型が変わったらすぐに気づく、相手が別人と入れ替わったらすぐ気づく、相手が食べるものの中に、賞味期限切れのものや床に落としたものをこっそり混ぜたりしない、危険な場所へ先に行かせるようなことをしない、などだ。

要約すれば、愛は「惜しみなく奪う」ものだと思う。

「愛されるよりも、愛する方が幸せだ」という人がいるが、現実には、愛すれば愛するほど不幸になるような気がする。

男はどんなに経験を積んでも愛については推測することしかできない。毎日が学習なのだ。

たとえば「愛しているならバッグを買え」といわれた場合、「昨日のテレビで、若い女が、本当に愛している男には金を使わせないといっていた。愛しているなら、できるだけ買わないようにするんじゃないのか」と反論すると、「そういえるのは、男と女が別会計のときだけよ」という。男はこのとき初めて、別会計かどうかが愛に関係することを知る。わたしの家のように妻が会計を独占管理している場合は事情が違うのだ。

「会計を別々にしてくれないか」と提案すると、「わたしを愛していないの？」という質問が返ってくる。

この質問にまともに答えようとしても、愛するということはどういうことかを知らないのだから、自分が愛しているのかどうか、分かるはずがない。かりに運を天にまかせて「愛しているかどうか分からない」と正直に答えると、「そんないい加減な気持ちでわたしと付き合ってたの？　あなたそれでも人間なの？」と、こんどは「人間」が何を意味するかを探る必要が生じてくる。

男は、愛の名のもとに何をいわれるか、見当もつかないまま戦々恐々としているしかない。そのうち、女から「愛しているなら、オリンピックのマラソンで優勝して」とか「愛しているなら、フェルマの定理を証明して」とか「愛しているなら、今日中に死んで」とか「愛しているなら、わたしのことを愛さないで」といわれるようになるのではないかと思う。

III ツチヤの弁明

わたしの文章作法

あちこちに駄文を書いていると、ときどき「さぞかし原稿を書くのが速いんでしょうね。時間をかけてじっくり書いているようにはとても思えませんよ」といわれることがある。

だが実際には、わたしはいくら推敲《すいこう》を重ねても満足できないタイプだ（文豪によく見られるタイプである）。書き直せば直すほど、悪くなっていくような気がする。訂正前の方がまだましなのだ。それよりも書く前の方がはるかにましだ。

原稿を書くのもきわめて遅い。文豪によく見られるタイプである（小学生にもよく見られるタイプだ）。一枚の原稿を書くのに十時間かかることさえある。十時間のうち、探し物に二時間、ラーメンを食べるのに三時間二十分（作るのに十五分、食べるのに五分、消化するのに三時間かかる）、眠気覚ましにコーヒーを作って飲むのに三十分、飲んだ後眠りこむのに三分（ラーメンとコーヒーには催眠作用がある）、目が覚めるのに二時間、夢の影響がなくなるのに一時間、書けない言い訳を考えるのに一時間費やしている。これだけ手間をかけて書いているのだ。

今と比べると子どものころははるかに楽だった。宿題の作文はすべて父が書いていたのだ。作文が大の苦手だったから、国語の試験で「〈なかなか〉という表現を使って短文を作りなさい」という問題が出されたりすると、非常に苦しみ、長文でもいいから宿題にしてほしいと思ったものだ。今から思うとどうしてこんな簡単な問題に苦しんだのか、不思議でならない。今なら、「〈なかなか〉を使って文を作らせるのはなかなかの曲者《くせもの》だ」などと答えられるところだ。

小学生のころは学校から帰るとすぐに近所の潮入川に行き、暗くなるまでアサリを採ったり、ハゼを釣ったりしていた。そのまま いけば、漁師になっていたはずだ。それが今は、一番嫌いだった文章を書いているのだから、人生は分からない。現在、わたしは税金を払うのが嫌いだが、五十年後には納税が趣味になっているかもしれない。

しかし文章を書くのは、いまだに苦手で、原稿を書くのがつらいと思うことがよくある。とくにつらいのは、体調が悪く、睡眠不足で、その上、面白いテレビ番組があるときだ。

名文といえるような文章を書いたのはこれまで一度しかない(高校生のころ、平家物語の冒頭の一節をノートに書き写すよう命じられたのだ)。そのためか、文章を書く秘訣を聞かれたことがない。なぜ文章の上手な人にしか秘訣を聞かないのか。

だれにも聞かれないまま勝手に答えるが、わたしが文章を書くとき座右の銘にしている格言が二つある。一つはサマセット・モームのことばで、「よい文章を書く秘訣は三つある。だが、だれもそれを知らない」というものだ。文豪でさえ秘訣を知らないのだ。この点では、わたしは文豪と同レベルである。これほど勇気づけられることがあるだろうか。

もう一つの格言は、うろおぼえだが、「読み返して、とくにすばらしいと思う個所を削れ」という格言だ。だれのことばなのか忘れたが、「だれのことばか分からないときは、バーナード・ショーがいったことにすればいい」という格言（これもだれのことばなのか分からないから、バーナード・ショーがいったのだろう）があるから、バーナード・ショーのことばだろう。

なぜすばらしいと思う個所を削らなくてはならないのか、定かではない。もしかしたらバーナード・ショーは文章を書く人にこうアドバイスして、自分の文章が相対的に上手に見えるように図ったのかもしれない。あるいは、「読み返して、とくにひどい個所を削れ」という格言だったのをわたしが覚え違いしているのかもしれない。こう疑いながらも、意味が分からないまま、これを実践している。

わたしの文章がひどいのは、すばらしいと思った個所を格言通りに削っているためかもしれない。ちなみに、本稿を書くに当たり、すばらしいと思って削除した個所を、紙面の都合で一部だけ紹介する。

トンネルをぬけ（中略）ラーメンをなかなか食べ過（中略）眠（中略）気持ち悪（後略）

なぜ集中できないか

わたしは子どものころから集中力がないと注意されてきた。小学校のころは授業中よそ見する、宿題は十秒で飽きて他のことをしてしまう、今では妻の説教を聞きながら畳《たたみ》の目を数えてしまう。集中がとぎれるたびに、なぜかそばにはそれを叱る者がいる。

そのため、わたしは集中力を養うために血のにじむような努力を払ってきた。しかしいまだに集中力を身につけるに至っていない。

そこでなぜ集中力が身につかないか、考えてみた。原因を究明すれば、集中力がない原因を他に転嫁《てんか》できるかもしれない。

一年半におよぶ考察の結果、まず判明したのは、考察に集中できたのは一年半のうち五分間だったということであった（そう言えば集中力を養う努力も五分以上は続かなかった）。

次に判明したのは人間は集中できない仕組みになっているということである。

人間の注意とか関心というものは、すぐにそれる。音楽が好きでCDを聞いているうちに関心がそれてオーディオマニアになる。結婚当初は穏やかな家庭を築こうと努力していたのに、いつの間にか言い訳を考えることに頭を悩ませるようになる。本を整理しているとき、ふと手に取ったトレーニング法の本を拾い読みしているうちにトレーニングしたくなってスポーツジムに行き、インストラクターに恋してしまうなど、注意や関心は変転きわまりない。人間の心は一つのことに集中できない仕組みになっているのだ。

しかもたんに集中しにくいというだけではない。集中しようとすればするほど集中できなくなる。

たとえば細胞の研究をしていて「この研究で人に認められたい」と思うと、人に認められたいということに注意が向いてしまい、その間は細胞から意識がそれてしまう。これと同じで、集中しようと思っている間は、集中ということに意識が向いてしまい、肝心の対象から意識がそれてしまう。だから集中しようと努力すると逆効果になるのだ。

実際、本当に集中しているときは集中のことは念頭にないものだ。映画や音楽に夢中になったり仕事に追われているときは、集中しようという気持ちは起こらないはずだ。

だから集中するには忘れることだ。集中が必要だとか、いま集中しているかどうか、集中が途切れたらどう叱られるかなどを、すべて忘れれば、集中できるはずだ。しかしそうはいかない。障碍が三つある。

①集中のことを忘れること自体が難しい。どんなことでも、忘れようとすればするほど忘れられなくなるからだ。ためしに「カラリロンゴン」を忘れようとしてみてもらいたい。あるいは自分の名前を忘れようとしてもらいたい。そうすれば忘れるのが集中以上に難しいことが分かるだろう。

②もともと集中できないからこそ「集中しよう」と努力しているのだ。努力をやめれば集中できないにきまっている。

③たとえ集中できても、必ず邪魔が入る。「あなた、ここに隠しておいたまんじゅう、どうしたの?」など。こうして集中が途切れると、再び集中できるのに二日はかかる。

人間は集中しようとすればするほど集中できず、眠ろうとすれば眠れず、ピアノで脱力しようとすればよけい力が入り、嘘を隠そうとすればするほどバレてしまう。

努力というものは報われないものだ。報われないどころか、逆効果になってしまうのだ。どんなに現状が気に入らなくても、それ以上悪化させないためには、努力せずそのままにしておくしかない。とくに集中力については手の打ちようがない。

わたしが何事にも集中できない状態に甘んじている理由はそこにある。

モテる理由

世の中には納得できないことが多いが、多くの男がとくに納得できないのは、一部の男ばかりが不当にモテるということである。正確にいうと、一部の男だけがモテるということに納得できないのではなく、自分がモテる側に入っていないところが納得できないのだ。

動物学者によると、動物の世界でもモテるタイプというのがあり、ツバメの場合、尾の長いオスがモテるという。尾の短いオスとつがいになったメスは、しばしば尾の長いオスと不倫してその子を産むらしい。では人間の場合、どのような特徴をもったオスがモテるのだろうか。最近ではディカプリオがモテまくっているが、なぜなのか。目の色や国籍を除けば、わたしと大して違わないように思える。学生に聞いてみた。

「月とスッポンの違いがあります」

不審に思ったわたしはさらに聞いた。

「スッポンの方がモテるのか」

「スッポンの方が先生よりはモテるでしょう」

ますます納得できない。ディカプリオだけでなく、スッポンもライバルだとは知らなかった。

先日、教え子の柴門ふみと話していたとき、「ディカプリオのどこがいいのか」と聞いてみた。彼女はディカプリオの大ファンであり、その上、恋愛論の大家である。男を見る目も、結婚するとき一時的に曇ったものの、結婚以来さらに磨かれているはずだ。恩師を傷つけることしか考えない学生とわけが違う。わたしは彼女の説得力に富む説明を聞いて、人間は尾の長さで価値を決めるような単純な動物でないことを知った。彼女はちゅうちょなく断言した。

「エラが張っているところがいい」

彼女は藤井フミヤのファンでもあるが、藤井フミヤもエラが張っているという。このことから判断すると、たぶん彼女が好きなのは、ロバート・レッドフォード、クリントン大統領、ハゼ、ワニ、マムシなどであろう。

やはり人間はツバメとは違う。人間は長い進化の歴史を経て、ツバメにないアゴを獲得し、ハゼ、ワニ、マムシの域に達し、女はアゴの線で男を判断するまでになったのだ。他に、背の高さ、胸毛などに惹かれる女もいる。なぜこのような特徴が好まれるのだろうか。たぶん動物学者は、種や遺伝子の保存の上で何らかの利点がある、と進化論的に説明するだろう。

たとえば、エラの張っている男は、噛む力が強く、どんなに硬い生煮えの料理を出しても食べることができる。歯をくいしばる忍耐心があり、どんなひどい仕打ちをしても耐えられる。歯で栓を抜けるから栓抜きがいらない。背の高い男は、遠くからでも目立つので迷子になりにくい。胸毛があれば、暇なときに抜いて遊べるなどの利点が考えられる。

こういう外見上の特徴で好き嫌いが決まっていることに納得できない男もいるだろうが、柴門ふみだけならともかく、ツバメも表面にこだわっている以上、事実として認めるしかない。表面にこだわるということは、裏を返せば、精神は関係がないということである。さらに裏を返せば、表面にこだわるということである。

実際、内面より外見の方が重視されているのはたしかだ。片方の眉を失うのと、高校・大学で得た知識を失うのとどちらがいいか、と聞かれたら、多くの人は迷わず知識を捨てるだろう。精神性の高さはまったく評価されないのだ。これならわたしにもまだモテる見込みがある。

わたしは前から、眉の形や服装にばかりこだわる若者を見て「表面ばかりとりつくろうより他にすることがないのか。そんな暇があったら、ジャイアンツを応援するとかしたらどうなんだ」と叫んできた。だが、外見にこだわることにも進化論的な意味があるのだ（たぶんカラオケ、競馬、哲学にも進化論的意味があるのだろう）。

ただ、種や遺伝子の保存のためなら、エラが張っている男より長寿の老人の方がモテてもよさそうに思える。女がさらに進化して、年をとっていればいるほどいい、とならないものか。そのとき、カメがわたしのライバルになるだろう。

挫折の伝道師

最近は感動させる技術が発達し、テレビのドキュメンタリーも感動的に作られている。感動的すぎて現実の話とは思えないほどだ。実生活はつまらない挫折ばかりなのだ。これだけ現実から乖離《かいり》して、ドキュメンタリーと言えるのか疑問だ。昔の教え子に話した。

「テレビのドキュメンタリーは現実離れしていると思わないか？」

「一応記録だから嘘は入ってないでしょう？」

「でもドラマに仕立てているだろう？　現実の世界にはないナレーションや音楽を入れて盛り上げるし、内容にしても、努力の末に大成功を収めた話ばかりだ」

「挫折の話もあります」

「劇的な挫折だけだ。日常ありふれた挫折には目もくれない。学生を教育することに挫折するとか」

「その裏で先生に有益なことを教えてもらえると思った学生が何十人も挫折しているんです」

「ま、みんな日々地味に挫折してる。小学生だって忍者になろうとして挫折しているんだ。そういう話をなぜ取り上げない」

「そんなものを見ても面白くないからでしょう」

「劇的な成功や挫折しか描かないならドラマを作ればいい。われわれの挫折はもっと地味な挫折だ。たとえば恋愛で挫折を重ねて目を覚まし、幻想を捨てて結婚すると、最終的に大きく挫折する。こういうだれもが味わう挫折がドキュメンタリーでは描かれない。ドラマにならないからだ」

「先生の挫折なら恋愛でも結婚でもドラマになりますよ。立派な喜劇です」

「人を笑ってるとバチが当たるぞ」

「もう当たってます」

「えっ、どんなバチだ？」

「先生の教え子になったことです」

「それなら君らを教えたわたしの方がバチは大きい。とにかく人間は挫折を重ねて成長するというのは誤りだ。人間は挫折を重ねて挫折に至るんだ」

「そのことば、さすが挫折のプロ。挫折の鬼です」

「聞こえが悪いなぁ。せめて挫折の伝道師ぐらいにしなさい。わたしに限らずみんな似たり寄ったりの挫折を味わってるんだ。挫折をドキュメンタリーにするなら、切り込んでほしいことがある。そもそも挫折したのは確かなのか？　それを疑ってもらいたい」

「疑えるんですか？」

「疑えるんだ。たとえばマイルス・デイビスというジャズの革命児がいる。それまでのジャズが複雑化して和音がめまぐるしく変わるようになっていたのを大幅に単純化した。一曲に二個しか和音を使わないとか」

「複雑な音楽に挫折したんですね？」

「そうも言える。複雑なのも飽きてくるからね。だが単純化するともっと難しい。アドリブが単調になってしまうんだ。だから単純化しようと思いついてもすぐに挫折して、みんなあきらめてしまう。だがマイルスは違う。それを挫折と認めず、単調にならない方法を工夫してやり抜いた。ドキュメンタリーで挫折を取り上げるならそこまで掘り下げてもらいたい。コルトレーンというジャズミュージシャンもそうだ。ドレミソラという五音音階でアドリブする彼のやり方は、単調すぎてふつうならすぐに挫折してしまう。だがコルトレーンは挫折とは認めず、工夫を凝らして五音音階を貫いた。この二人の業績がいまのジャズを支えている……興味がなさそうだな」

「よく分かりましたね」

「授業中と同じ顔つきだからね。とにかく、挫折と思ってあきらめたら本当の挫折になるんだ。ドキュメンタリーで挫折を描くなら、こういうところまで切り込んでもらいたい」

「分かった！　先生の挫折も、実は挫折じゃないと言いたいんですね。さすが挫折の伝道師、言い逃れの極致です」

どうしても間に合わない

ピアノで上達したいなら、「ハノン」で五本の指を独立に動かす練習をしろ、と知人が言う。念のために何人かの一流ジャズピアニストにたずねると、佐山雅弘氏を除く全員がハノンを練習していると答えた。佐山氏だけに聞けばよかった。

ハノンを練習しているというのが嘘だったら承知しないからな、と思いながら、半信半疑でハノン教本を買った。「半信半疑」というところに希望がある。「半信半疑でやってみたら効いた」という話は数多いのだ。

少し練習しただけでハノンという人の性格が分かった。薬指が思うように動かないという事実（わたしの周囲の人間も思い通りに動かないが、薬指よ、お前もか！）を利用して、人の弱点ばかりつくような人間だ。弱点を狙うところがわたしの周囲の連中そっくりだ。ハノンよ、お前もか！

わたしはピアノを始めて間もなく、クラシックを断念してジャズに的を絞ったが、その後、長い時間をかけて、ジャズの難曲を弾くのを忍びない思いで断念し、すべてのキーで弾くことを泣く泣く断念し、任意のテンポで弾くことを断腸の思いで断念した。

今わたしは、両手で弾くべきハノンの曲を、無欲にも、左手は捨てて右手の部分だけ練習しているのだ。これだけ謙虚な姿勢で臨んでいるのに、これ以上何を譲歩しろというのか。右手の薬指も捨てろと言うのか。

そのとき重大な事実に突然気づいた。人間の努力には限度があり、我慢にも限度があり、寿命には限りがある。上達するにはもう時間がないのではないか。

この疑念が芽生えたのは、ハノン六十曲のうち三曲目で壁にぶつかったまま一週間経過したときだった。

わたしのピアノ演奏を聞いて勘違いする人がいると困るから断っておくが、わたしはプロミュージシャンではない。プロゴルファーでもプロパンガスでもない。ただのアマチュアだ。それなのに、なぜわざわざ報われない努力をして、挙げ句の果てに「指に釘が入っている」と笑われなくてはならないのか。悔しいことに、この状態から脱却するには時間がないのだ。薬指よりピアノそのものを断念すべきではないのか。

人間が動物より優れている点は、将来を予測できることだ。人間が動物より劣っている点は、誤った予測をすることだ。

実際、子どものころ、時間は無限にあり、その時間で努力すれば不可能なことはないと勘違いしていた。練習しさえすれば歌手にも横綱にも忍者にもなれると思っていた。努力すれば、大富豪になって絶世の美女と結婚し、自分専用の自転車を買い、自宅の庭で好きなだけビー玉遊びをすることができると信じていた。練習を積めば、空でも飛べると思い込んでいた。

成熟するにつれ、残された時間が少ないことに気づき、そのたびに多くのものを断念してきた。今では、残された時間が頭にこびりつき、「五十年以上もつ堅牢住宅」という宣伝文句にも心は動かない。いずれ半年の定期券を買うのもためらうようになるだろう。

人生は断念の歴史である。歳をとるにつれて次々に断念していくから、中高年になればいやでも謙虚になっていく……はずだが、人間は傲慢《ごうまん》になる一方だ。もしかしたら若いころの迷妄から脱却したことに自信をもった結果傲慢になるのかもしれない（人間は何にでも自信をもてるものである）。また、次々に欲を捨てていくのだから、無欲になりそうなものだが、実際には強欲になっていく。

傲慢で強欲な者ばかりの中で、ひとり謙虚で無欲なわたしがこれ以上無欲になる必要はないが、ピアノは潔く断念しよう。だが断念するには時間がかかる。わたしに残された時間で足りるだろうか。

プロが来る①

ときどきライブハウスでジャズピアノを弾いている。客はほとんどおらず、楽しく演奏しているが、いいことは長続きしない。プロのジャズピアニストが聞きに来ることになったのだ。

松本峰明《ほうめい》というピアニストで、CDも出している。数年前、彼からCDが送られてきてからの付き合いだ。CDが送られてきたとき、買わされるのかと思ったが、実際にはたんにCDが売れなくて処分に困っていただけだった。それ以来、CDと本の違いはあれ、「売れない」ということでつながっている。

彼にはライブをやっている場所を秘密にしていたのだが、知られてしまったのだ。彼が来ることは、最初さほど深刻に考えなかった。ライブの客に「次回聞きに来るとすごくおトクです。プロが来ます」と教えたほどだ（客は顔を輝かせて、「えっ、土屋さんが弾かないんですか？」と言った）。

だが、ライブの日が近づき、松本氏から「うしししし」というメールが来ると（これに対して、わたしは「予告なく出演者が変更になることがあります」と警告するしかなかった）、次第に不安がつのってきた。

わたしはプロに聞かれて困るようなことは何もない。妻に聞かれる方が怖いぐらいだ。これまでプロのジャズミュージシャンに演奏を聞かれたことが何度かあるが、好評を博してきた。主な感想は「嘘がない」「心がきれいだ」「音楽に対する姿勢が真剣だ」というものだ。ふだん「嘘ばかりだ」「心が歪んでいる」「真剣さが足りない」とわたしを批判している連中に聞かせたいほどだ。たしかに「上手下手は別にして」という限定はついていたが、子どものピアノじゃあるまいし、上手下手にどれだけの意味があるというのか。わたしは上手下手を問題にするような浅薄な芸術観の持ち主と話をするつもりはない。

誤解のないように言っておくが、わたしは大ピアニストではない。四十歳をすぎてピアノを始め、バイエルも弾けない。こういうアマチュアが平和に楽しんでいるところへプロが聞きに来るのは、チンピラが威張っているところへ暴力団幹部が来るようなものだ。

そもそも何のためにプロが聞きに来るのだろうか。わたしのピアノを研究するためかもしれないが、わたしの腕前を笑い者にするために来る可能性もある。わたしはつねづね主張しているのだが、人が人を評価すべきではない。とくに、わたしを低く評価すべきではない。

まるでブタの品評会に出されるハンサムなブタになったようだ。ただ、彼は小さい失敗に目くじらを立てるような男ではない。大きい失敗にも目くじらを立てない男であることを祈った。そして病気になって来られなくなることを祈った。

しかし祈りもむなしく、当日になった。ピアノの腕を磨くにはもう時間がない。店がつぶれる時間もない。彼が病気になる時間さえない。交通事故でもいいです、と祈りを追加した。

まずいことに彼の奥さんも来るらしい。

夫婦で笑われたらどうしよう。もし根本的な誤りを指摘されたらどうしよう（「右手と左手が逆だ」など）。緊張は高まり、自分でもあがっているのが分かる。いつものように自分に言い聞かせた。「緊張するのは、実際以上の力を出そうとするからだ。自分の実力の半分しか出さないようにしよう」。こうすれば実力の二倍は出せるのではないかと期待しているのだ。

バンドの仲間は、プロが来ることを知っているのに緊張の様子がない。連中のように鈍感に生まれたかった。松本氏が来る前に、指ならしのために少し音階を弾いてみる。ダメだ。いつも通り調子が悪い。数分間弾いても上達しなかった。

演奏を始めても松本氏は来なかった。祈りが通じたのかもしれない。わたしの演奏には人を遠ざける作用があるのかもしれない（健康を損なう作用はある）。不本意な演奏を十分ほどやって後ろを振り返ると、松本夫妻の笑顔が目に飛び込んできた。聞いているなら聞いていると断ってほしかった。聞かれていると分かっていたらそれなりの演奏をしていたのに。

仕方なくわたしは言った。

「ありがとうございました。これで今日の演奏は終わります」

プロが来る②

【前回のあらすじ】ライブハウスでジャズを演奏しているところへジャズピアニスト松本峰明氏が夫人同伴でやってきた。

プロのジャズピアニストに自分の演奏を聞かれて喜ぶアマチュアはいない。とくに自分の腕に自信のもてない謙虚な者にはイヤなものである。

わたしはアドバイスされるのが嫌いだ。「いいかげんピアノあきらめたら」「ピアノなんか弾くより棚を直せ」とアドバイスされてだれが喜ぶだろうか。

その代わり、人には惜しみなくアドバイスを与えてきた。これまでプロのジャズ演奏家に口頭でも書面でもさまざまなアドバイスをしてきた。「なかなかいいよ。その調子でやりなさい」「いいね。そのシャツ。どこで買ったの?」「謹賀新年」など。アドバイスしたミュージシャンは例外なく順調に演奏活動を続けている。

松本氏はピアノの近くに座って(この店はどこに座ってもピアノの近くなのだ)、演奏を続けるよう促した。素直なわたしは仕方なくわたしの作った曲ばかり数曲演奏した。大作曲家の作品と間違われないよう、念のためにわたしの曲だと断った。

演奏というものはどんなに不本意であっても終わりが来るものだ。自分では不本意きわまる演奏だったが、それだけではどんな演奏だったかは判断できない。どんな大芸術家も自分の演奏には満足できないのだ。

ただ自分でも言えることは、わたしの演奏が他に類を見ない演奏であるということだ。そこらへんで売っているCDでは絶対に聞けないような演奏であることには自信をもっている。演奏が終わると、とたんに心配になってきた。松本氏が正しく評価できるだけの耳をもっているだろうか。

休憩に入ったわたしに松本氏は拍手を送ってくれた。それでも安心できない。弱々しい拍手のように思えたし、演奏を終えたことに拍手したのかもしれない。しかし続いて出た彼のことばには安心できた。彼のことばは「ピアノやめたら？」でも「気持ちが悪くなった」でもなかった。

「へっへっへ」

激賞である。プロのメンツを考えれば、褒めるのもこれが限度だろう。彼の奥さんからも「わたし音楽が分からないものですから」と控え目な中に絶賛をこめたことばをいただいた。

わたしは松本氏にもピアノを披露してほしいと頼んだが、

「いや、今日はそちらの演奏を聞きに来たんです」

という。名演奏の後にはやりにくいものなのだ。

だが、プロは人に聞かせるのが商売だ。疑念が芽生えた。

「あのＣＤの演奏は本当にご自分の演奏なんですか。人に弾いてもらったと思われてもいいんですか」

疑いをかけられていることを理解した松本氏は腰を上げ、ピアノに向かった。さっきまでのわたしの気持ちを今味わっているに違いない。しかもプロだから、わたし以上の演奏をしなくてはならない。彼がプロとして恥ずかしくない演奏をすることができるかどうか心配になる。

だが、心配は不要だった。実際の演奏はすごい演奏だった。演奏が終わると、わたしの演奏をよく聞いている常連客が口々に賞賛した。わたしの演奏に対する反応とは大違いだ。わたしは客に言った。

「これで分かったろう。わたしの実力が」

松本氏が一緒にやろうと提案した。彼はピアニカをやるという。わたしはジャズの初心者でも知っている曲を選んだ。

「〈枯れ葉〉できます？」と聞くと、「できると思います」という返事だった。念のために「普通のミディアム・テンポで大丈夫ですか？」と聞くと、「たぶん大丈夫だと思います」と答えた。まさかこんな曲をやれないとは言えないから、プロはつらいところだ。

こうして歴史的共演が実現したのである。詳細は後世の歴史家に譲るが、松本氏の感想だけ紹介しておきたい。

「土屋さんの演奏は予想以上でした。とくに土屋さんの音がとぎれたとき、わたしの頭の中で鳴っていたメロディーには驚嘆しました。わたしもつい本気を出しました」

かわいそうにプロに危機感を抱かせてしまったのだ。わたしも率直に告白した。

「わたしもつい実力を三割も出してしまいました」

わたしはただの錦鯉です

人間の耳は当てにならない。聞き間違いはありふれた現象である。だが立て板に水のトークを「あーうー」と聞き間違えられるとは思わなかった。わたしが作った曲をプロミュージシャンと共演する演奏会「ツチケンナイト」でのことだ。

緊張と怒濤の演奏会（緊張はわたしが担当し、怒濤は共演したミュージシャンが担当した）でのトークを聞き、「あーうー」しか聞こえなかったと言うお客さんがいるのだ。わたしの流麗なトークを悪意なしにそこまで聞き間違えるような人がいるとは信じ難いが、そういう人のために冒頭のトークを文字で再現しておく（話の高尚な部分は割愛する。どうしても思い出せないのだ）。文字なら聞き間違えないはずだ。

＊

台風が上陸するというときにお越しいただき、ありがとうございます。このライブが終わるころには全員、帰宅困難者になるかもしれません。ちなみに、わたしはふだんから帰宅困難者です。

このイベントは三月の予定でしたが、地震で中止になり、今度は台風です。なぜか天に見放されているのです。会場に来ている人のどなたかに問題があるか、自然に問題があるかです。

災害がないとしても最大の障害が控えています。それはわたしのピアノです。野田首相が自分をどじょうにたとえましたが、それで言えば、わたしはしょせん錦鯉です。ルックスだけの人間です。中身はありません。ピアノもちゃんと弾けません。おまけに両手の小指がヘバーデン結節という重症です。病院では加齢が原因だと言われましたが、実際にはそんな上等なものではなく、老化が原因ではないかとにらんでいます。

その上に、緊張しています。目はかすんでアラビア文字が一文字も読めません。身体も緊張でコチコチです。前屈で床に手がついたことが物心ついたときからありません。食べ物も喉を通らず、今朝も、二週間前に消費期限の切れたヨーグルトがどうしても喉を通りませんでした。

演奏前から刀折れ矢尽きた状態です。来たのを後悔していらっしゃる方もいるかもしれませんが、でも皆様は入場できただけ幸運です。入場したくてもできない人もいるのです。事実、しばらく前にチケットが売り切れ、かなりの人から「買おうとしたら売り切れだった」とうれしそうな顔で言われました。今日になっても問い合わせをいくつかいただきましたが、当日券はないのです。その方々には「消防法により、上品な人は入場できないことになっています」とお断りするしかありませんでした。会場を東京ドームにすればよかったと後悔しております。

さらに、入場したいのに問い合わせる勇気もなく泣き寝入りした人が、牛とブタを含めると実に百億を超えるのです。その中で入場できた幸運を考えれば、ピアノの腕前などどうでもよくなるのではないでしょうか。野球で十対〇で勝てばエラーの一つや二つは何でもありません。おいしいラーメンのネギがしなびていてもそれが何でしょうか。

しかも喜んでください。わたしがどんな演奏をしても、名ピアニストであるように見せてくれる一流プロミュージシャンの人たちが来てくれているのです。

なぜそんな一流の人を呼べるのか、疑問に思う人もいるかと思いますが、これはひとえに、わたしの人徳だと思います。「もし出演してくれなきゃ、あることないこと週刊文春に書く」と言うだけで出てくれるのです。別に「悪口を書く」とは言っていないのに、わたしの人徳に圧倒されるのか、引き受けてくれます。わたしの妻には「文春に書く」と言っても何の効き目もありません。人徳は妻には通用しなくても音楽家には通じるのです。

お待たせしました。人徳の通じるミュージシャンの方々をご紹介します。

＊

心配なのは、こんな話なら「あーうー」の方がよかったと言われそうなことだ。

わたしの意欲をくじこうとする者がいる

わたしのことを完璧な人間だと勘違いする人がいるかもしれないが、現実のわたしは違う。人間関係に恵まれない、本が売れないなど、多くの欠点がある。

中でも弱点なのは声だ。自分の声をテープで聞いて以来、声には劣等感を抱いている。声さえよければ歌手かウグイス嬢になっていたところだ。

知り合いの中年女はわたしの声を人にこう説明した。

「蚊の鳴くような声です。コーフンすると裏返ってヨーデル風になります」

しかしわたしの声は、蚊の鳴くようなカボソイ声ではない。タトエは悪いがボロ雑巾のような声なのだ。学生が解説した。

「先生の声が、というより、先生自身が蚊とかハエみたいなんです。チョコマカしてるし、叩けばすぐにつぶれそうだし」

「チョコマカではないっ！　テキパキだ」

「でもいつも小走りだし、飲み物をよくこぼすし、ころぶし。それでテキパキしてるんですか」

声が貧弱なばっかりに人間まで貧弱であるかのように誤解されてしまうのだ。

声の力は大きい。かりにライオンがネコのような声だったとしたら、凄《すご》みはなくなるだろうし、スズムシがブルドーザーのような声を出したら、とてもカワイイとは思えないはずだ。人間も同じだ。深みのある声の男は、人間的に深みがあると思われるのだ。とくに女はいい声の男に惹かれるものだ（これを見ても女は軽薄だと分かる）。

だが先日、一筋の光明が見えた。知り合いの美容師の男がボイス・トレーニングを受けていることを知ったのだ。そういえば彼は張りのあるいい声をしている。この男にはもったいないような声なのだ。これが発声法を習った成果だという。

発声法でこんな声が得られるのか。わたしの声がよくなれば鬼に金棒だ。声がよくなると女にモテるようになるだろうが、わたしはそれでもかまわない。

希望に燃えて帰宅し、声高らかに宣言した。

「ボイス・トレーニングを始めてもいいかなぁ……」

妻の反応は意外だった。大笑いしたのだ。「声よりも直すところがいっぱいある」と言う。そして「子鹿になりたいと願っているブタが自分の爪の形に悩むようなものだ」とまで言って習うことに反対し、せっかく芽生えかけたわたしの希望と向上心を平然とつみ取った。

わたしは猛然と反論を展開した。翌日、学生たちに。

「発声法を習いたいんだ」

学生A「えっ、なぜ声なんかにこだわるんですか？」

「君らも声にこだわるだろう。いい声の男はモテる」

「でも先生がモテないのは声のせいじゃありません」

「とっ、とにかくパキパキした声になりたいんだ」

「えっ、パキパキした声で〈あー〉とか〈うー〉って言いたいんですか」

学生B「先生の声なんかだれも気にしてません。〈あーうー〉に気をとられて」

学生C「直すならアクセントも直してください」

学生D「何より先に、話す内容を改善してください」

「もういいっ！　分かった。わたしが最初に改善すべきなのは、話す相手だ」

どいつもこいつもわたしの向上心に水をさすやつらばかりだと思いながら、インターネットを見ていると、わたしのファンサイトに【こんなツチヤはイヤだっ!!】というコーナーが作られ、そこに「バーコード頭のツチヤ」「筋肉隆々のツチヤ」「スキのないツチヤ」「落ち着き払ったツチヤ」「みずみずしいツチヤ」などと書かれており、それに混じって、「ハキハキしゃべるツチヤ」「森山周一郎の声で吹き替えされているツチヤ」と、希望を踏みにじられたわたしに追い打ちをかけるようなことが書いてあった。

涙の試験監督①

大学入試センター試験が行なわれた。例年通り二日間監督をつとめ、例年通り疲れたが、今年はそれだけで終わらなかった。

どの試験室で監督するかは年によって変わる。昨年はわたしの大学で一番大きい教室の担当だった。その大教室には新聞社が毎年写真取材にきており、七名の監督者の顔ぶれを知ったとき、わたしは、よくぞここまで見栄えのいい教官を取材用に選りすぐって集めたものだ、と思った。選りすぐりの七人中、わたし以外の六人は引き立て役だ。

わたしがその試験場を担当したのはその年だけだった。大学本部が取材を意識して担当者を決めたのはその年だけだったようだ。

今年はうってかわって三十人ほどの受験生が入る小さい試験室の担当だ。いまから思えばこの教室が曲者だった。

試験監督というものは簡単そうに見えるが、だれにでもできるというものではない。とくに生後三ヶ月まではまず無理だ。監督者はマニュアルに書いてある通りのことを読み上げることができなくてはならない。しかもふりがなはふっていない。大学教師には難しすぎると判断したのか、事前に説明会で入念な説明を受ける。本当ならリハーサルを五回はやってくれないと不安なところだ。

試験室は緊張がみなぎり、受験生の熱気がひしひしと伝わってくる。とても麻雀をする気にはならない。試験が始まると、問題に取り組む受験生の真剣さでさらに空気は張りつめる。聞こえるのは、さらさらと鉛筆で誤った答えを書きこむ音ばかりだ。針が落ちても聞こえるというが、一メートルくらいの巨大な針が落ちたら聞こえただろう。

このように若者がものもいわず、悪事以外のことに一生懸命取り組んでいる姿を見るのは気持ちがいいものだ。電車の中でだらしなく足を投げ出している緊張感のない姿とは大違いだ。電車内でも試験を実施したらいいのではないかと思う。酔っぱらいの中年男集団にも試験を課すべきだ。

監督の仕事は二つの部分から成り立っている。①監督する、②受験生の邪魔にならないよう発声練習したり三段跳びをするのを慎む、の二つである。

マニュアルには書いてないが、試験中ずっとニヤニヤするのも慎まなくてはならないだろう。かといってずっと笑いをこらえ続けているというのも慎まなくてはならない。

慎むということが監督という仕事の大部分を占めているのだから、監督の仕事が面白いはずがない。強いていえば、試験される側でないのがうれしい程度だ。

受験生の邪魔をしないでじっとしているというのは非常に難しい。以前は試験問題を解いていたが、いつのころからか、高校生レベルの問題をいちいち解くのはばからしいと思うようになった。ちょうど問題を解けなくなったころからだ。

最近ではかわりにいろいろな考えごとをするようにしている。入試制度のありかたや日本の将来といった重要な問題を考えていると、しだいに眠くなってくる。これではいけないと思って、哲学の問題を考えていると、しだいに眠くなってくる。これではいけないと思って、とにかく眠らないようにしようと努力していると、しだいに眠くなってくる。これではいけないと思って、立ち上がって試験室の中を見回ることにする。これは必然の流れであり、監督者が受験生の間を見回っている背景にはこのような事情がある。監督者が見回っているのを見たら、十中八、九、見回っていると考えて間違いない。

受験生の間を見回っているときには、まさか数分後に涙を流すことになるとは思ってもいなかった。

涙の試験監督②

大学入試センター試験の監督をするたびに不安に思うことがある。マニュアルに従って受験生に注意を読み上げるのだが、その中には「定規、コンパス、ソロバン、電卓、時計のアラーム」と読み上げた次に、「は使用してはいけません」と続く箇所がある。前半を聞いた受験生は「をいますぐ食べなさい」と続くのか、「を目に入れてはいけません」と続くのか、見当がつかないのではないだろうか。後半のせりふを聞くころには前半を思い出せないのではないか。

改善の方法を考えながら、わたしは受験生の間を見回っていた。試験室の通路は狭く、教室の中を一往復する間に蹴とばした受験生のカバンは三つを数えた。

その数分後、わたしは激痛に襲われた。教室の後方を歩いていて、ガス栓に思いきり足首をぶつけたのだ。どうして教室にガス栓をつけてあったのか知らない。なべ料理屋を始めようと思ったのかもしれない。とにかくわたしはカバンとガス栓の違いをこのときはっきり知った。

足をぶつけた瞬間、ゴーンという重低音の衝撃音がガス管を伝い、部屋中に響きわたった。わたしには建物全体がゆれたように思えたが、受験生はだれも振り返らない。たぶん隣の部屋で象がジャンプしたとでも簡単に考えているのだろう。一瞬おいて激痛が走り、二秒後、涙がにじんできた。

　形容しがたい激痛だ。あえてたとえるなら、虎屋のようかんのようだ。確実に足が三本は折れたにちがいない。本当に折れていたら新聞に書かれるだろう。

「試験監督中に謎の骨折。しかも足三本」

　ふだん、力を出そうとしてもなかなか出ないのだが、ガス栓を蹴るという、一番力が入ってほしくないときにかぎって異常に力が出るのだ。しかも、ふだんならサッカーボールをまともに蹴るのも難しいのに、足の一番弱いところに、狙いすましたように正確な打撃を加えたのだ。もう少し当たりどころがずれていたら、これほど痛くはなかっただろう。さらにずれて、当たったところが他人の足だったら、痛みはまったく感じなかっただろう。

　人間、都合の悪いときには力も正確さも発揮できるものだ。そう考える余裕もなく、目には涙がみるみるあふれてくる。うめき声がのどまで出ているのを必死の思いで押さえこむ。

　五十センチほど離れたところでは受験生が真剣に問題に取り組んでいる。とてもなぐさめてもらえる雰囲気ではない。どんな激痛に襲われても、何事もなかったようなふりをよそおわなくてはならないのだ。

　いままで、うめくことは意味のない生理的条件反射だと思っていたが、うめくことがどんなに救いになることか、はじめて痛いほど分かった。うめくことができない今の状態は、ちょうど「何かしゃべらないと殺す。ただし声を出してはいけない」と脅されているようなものだ。自由にうめくことができたら税金を払うのをやめてもいいとさえ思う。

声を立てることもしゃがみこむこともできず、寝そべることもできない。「ビア樽ポルカ」をトランペットで吹くこともできない（ふだんでも吹けない）。できるのは、涙を流すことと、息を殺してあえぐことだけだ。

涙を流すのは、子犬が里親から離されるのをテレビで見たとき以来だ。

涙を浮かべたまま進退きわまった状態が五分は続いた。わたしが不自然な姿勢で立ちつくしているのを不審に思った受験生もいたにちがいない。一昼夜立ちつくして思索にふけったソクラテスのように哲学的思索にふけっていると誤解してくれることを祈るばかりだが、ソクラテスの話などだれも知らないだろう。

受験生の中にはこの日泣いた人もいるだろうが、試験監督の中にも泣いた者がいたのである。

男の生き方

久しぶりに教え子たちと食事をした。

「君たちは相変わらず悩みのない顔をしているな」

「美人だしシワもないから悩んだ顔に見えないでしょうけど、心は悩みと心配事でいっぱいです。先生こそ心労がひどいんでしょう？　苦悩でエキスを吸い取られた上に天日干しされて、それをネコが食べ残した跡みたいですよ。無理もありませんよね。身体とかお金とか老後のこととか、心配事ばかりですもんね」

「男はそんな些細なことで悩まないんだ。悩むとしたら天下国家のことか巨人軍の強化策しかない」

「えっ、ご自分のことはあきらめてるんですか？」

「眼中にないんだ。心配のタネになることは考えないようにしている」

「逃げてるんですね？」

「無視してるんだ。男同士の食事を見せてやりたいよ。口々に〈おれは肝臓のγ-GTPが三桁だ〉〈おれは痛風だ〉〈おれは高血圧〉〈おれ糖尿〉〈お前らそんなことを気にしてるのか。おれは健康診断なんか受けたことがない。健康が何だ。第一、健康診断で病気が見つかったらどうする〉などと言い合い、身体に悪いものを争って食べる。いくら身体に悪くても、ヒ素や青酸カリは避けるが」

「やっぱりね。身体を悪くしたいならなぜ毒を飲まないのか不思議でした」

「当然、金のことも明日のことも無視する。昔、貯金ができないとこぼしたら、先輩が軽蔑をこめて〈お前、貯金しようと思っているのか〉と言った。貯金なんかしてたまるかという姿勢が男なんだ。老後の心配などもってのほかだ。野に咲く百合、空飛ぶ鳥のようにその日暮らしで生きる。それが男だ。気高いだろう？　女は健康にこだわり、運動し、野菜中心の食事を心がけるだろう？　なりふりかまわず長生きと健康と美容を目指している。なんて人間が小さいんだ。恥を知れ」

「男こそバッカじゃないのと思いますけど。男は病気になりたいんですか？」

「健康を軽蔑してるんだ。理由は聞くな。わたしも知らないから。でも気高そうに見えるだろう？　明日のことは考えずに生きるんだ」

「でもそういう潔い男は見当たりません。とくにわたしたちの目の前には」

「女も悪い。心配げに男を見守る女がいるか？　立ち去る男に追いすがる女はどこにいる？そういう女がいて初めて男らしさが発揮できるんだ」

「女頼みなんですか？　軽薄だし愚かだし子どもじみてますよ」

「男の本質を君らは分かっていない。たとえば男は安定や安全を嫌う」

「だから貧乏揺すりするんですね。ただ、男も結婚するでしょう？　家庭的安定を求めてないんですか?」

「大違いだ。男は安定を嫌うからこそ結婚するんだ。わたしを見ろ。安定も平穏もない」

「じゃあ先生、結婚がうまくいってうれしいですね」

「そ、そうだ。また男は堅実さも嫌う。着実に一歩一歩進むより一発勝負のギャンブルに賭けるのが男だ」

「そんな態度だと仕事も研究もできませんよ」

「仕事も研究も一生をかけたギャンブルなんだ。無駄に終わるかもしれないんだから。失敗したらパッと散るだけだ。女は結婚がうまくいかないと男のせいにするだろう? 男が出世しなかったとかハゲたとか言って。男は違う。結婚が失敗したら賭に負けたと思って潔くあきらめる」

「でも先生は愚痴をこぼしてばかりに見えますけど」

「そう見えるだけだ。心の中は澄み切っている」

教え子たちは話しながら、わたしがふだん控えている身体に悪い料理ばかり注文し、全員がわたしの倍の量を食べた。わたしの金で。

尊敬されない方法①

尊敬されないためにはどうしたらいいのだろうか。

餅は餅屋というが、こういう問題ならわたしにまかせてもらいたい。「尊敬されないことにかけては人後に落ちない」と豪語する人は多いだろうが、わたしのように、尊敬されないように気をつけている人は多くないと思う。わたしは、長年かけてついに、何の努力も払わないでも尊敬されないまでになった。

教師というものは尊敬されやすい職業である。家の中ではともかく、少なくとも大学の中ではちょっと油断すると尊敬されてしまう。そういうハンディをかかえながら、今では学生や助手との会話を人が聞いても、どっちが目上か分からないまでになっているのである（たとえばわたしが「このマフラーはアンゴラだ」と学生に自慢しているとき、別の学生が面倒くさそうに「カシミアだよっ」と切って捨てるところを想像してもらいたい）。

どうすればそうなるのか、秘訣を聞きたいと思う人もいるだろう。この境地に達する道のりは平坦ではなかった。当初はわたしも人並みに、尊敬されることを目指していた。その後の経験の積み重ねがわたしを変えたのである。

教師として尊敬を勝ち取るという点からいえば、授業中、学生が間違った意見を言うのを見つけたときほどうれしいことはない。わたしの優位を学生に示す絶好の機会なのだ。わたしは学生が傷つかないように気をつかいながら、おだやかに「普通ならだれでもそう考えたくなるものです。でもその考えは間違っています」と指摘し、なぜ間違いであるかを説明する。

こういうとき、わたしの胸は「自分は今、教育している」という充実感でいっぱいになる。得意な気持ちをさとられないように注意を払いながら学生たちの顔をうかがうと、尊敬の色が浮かんでいるような気がする。

しかし哲学の授業は簡単にはいかない。よりによってこの肝心のときに別の学生が「先生の方が間違っています」と主張するのである。悪いことに、学生はわたしが間違っているという理由も説明する（以前、「先生の考えは間違っています。理由はいえませんが、とにかく間違っています」と主張した学生もいたが）。

だが、わたしの誤りをなぜ証明してみせるのだろうか。証明すべきことは他にいっぱいあるはずだ。他の学生が見ている前だということを考えてもらいたい。そういうことは自分一人の胸にしまっておけないのか。せっかく他の学生がわたしの説明に納得しているのに、寝た子を起こすようなまねをして何が面白いのかと思う。

誤解のないように言っておくが、わたしは批判するのが悪いと言っているのではない。批判は大歓迎だ。だれの目にも愚かな批判であるとか、わたしが反論できるような批判なら。

許せないのは説得力のある批判だ。反論の余地のない批判をして何がうれしいのか。教師のメンツがまるつぶれだ。

このような経験が何度も続くとどうなるか。メンツというものは何度もつぶれると、人間性を変えるものである。①批判を避けるために理解不可能なことばを使うようになるタイプもあれば、②冗談でごまかす態度を身につけるタイプもいる。また、③批判されるたびに怒り、批判を許さない雰囲気を作るタイプもいる（わたしの妻がそうだ）。

だが、わたしの場合、①難解な表現を使っても効果はない。もともと分かりやすい文章を書いたつもりでも「お前の文章はわけが分からない」と言われているのだ。②冗談でごまかすこともできない。冗談でごまかそうとしてますます妻の怒りを買った経験が深い心の傷になっているのだ。③温和な性格のため怒ってみせる勇気もない。

尊敬を勝ち取るという目標からますます遠ざかることになった結果、わたしはついに、尊敬される人間になる道を捨て、尊敬されない人間になる道を歩むにいたった（わたしは険しくない方の道を選ぶタイプである）。

方向転換したあとは簡単だった。坂道を転げ落ちるようだった。学生の方でも、わたしを尊敬するのは恥だと思うようになった。こうなればしめたものだ。今では何をしても尊敬の目で見られる心配はない。

負け惜しみでなくこれでよかったと思う。教師は尊敬されてはいけないからだ。

尊敬されない方法②

なぜ教師が尊敬されてはいけないか（親や上司でもほぼ同じことが言える）。

胸に手をあてて考えてもらいたい。教え子がほんとうに自分と同じような人間になってもいいと思う人がいるだろうか。いいと思う人は、胸に両手をあてたまま逆立ちしてみてもらいたい。できる人はいないはずだ。

そもそも尊敬とは、権威に屈伏することだ。だが、学問の世界でも会社でも権威というものは百害あって一利もない（夫婦間の権威を考えれば明らかだ）。第一、権威になりうるような人間がいるだろうか。人間は、どんなに賢くてどんなに経験豊かな学者でも誤りを犯すものだ（実生活では誤りはもっと多くなる）。だから学問は一人だけでは成り立たず、多くの人が何世紀にもわたって批判し合っているのだ。学問でも会社でも批判がなければ正しい知見は得られない。批判があっても知見が得られないほどだ。

教師は教祖ではない。学問を教えたり、一緒に知見を得ようとする以上、学生にはどんな偉人の主張でも鵜呑《うの》みにしない人間になってもらうのが教師の役割だ。かりにわたしが上品でハンサムだからという理由で尊敬されたり鵜呑みにされたら、それはそれで喜んでいただろう。

尊敬の弊害の大きさを考えれば、尊敬されないようどんな努力も惜しむべきではない。

尊敬されない方法はいくつかある。

まず、ふだんからわざと誤りを犯すように心がけるのが基本である。慣れてくればわたしのように、無意識のうちに誤りを犯すようになることも不可能ではない。

それでも勘違いする学生がいるかもしれないから、念のために、「わたしが話すことにはわざと誤りを混ぜてあります」と宣言しておけば、鵜呑みにされる心配はまずない。

さらに念を入れるなら、わたしの経験では、尊敬することを要求するのが効果的である。ことあるごとに「尊敬しろ」と要求していれば、確実に尊敬されなくなるから安心だ。

以上のように、わたしは教育理念といい、経験に裏打ちされた方法論といい、これだけ立派な見識をもっているのだ。もっと尊敬されてもいいはずだ。

尊敬されていないのは、努力が功を奏しすぎたのかもしれない。

先日、新聞社の人が大学を訪れた。わたしの研究室を取材に来たのだ。記者がわたしの指導している学生に質問した。

「先生のエッセイを読んでどう思います？」

「どうってー、えー、読んだことはありますけど……えーと」

「面白かったですか？」

「何ていう本だったか忘れましたけど、一冊、途中まで読んだだけなので……」

この学生は結局、感想を口にしなかったが、どんなことばよりも雄弁にわたしの本の評価を伝えていた。わたしが出している何冊もの本のうち一冊しか読まず、しかも途中で読むのをやめた、というのだ。どう見てもホメているとは思えない。

どんなに評価していなくても世間体というものがある。せめて「一冊も読んだことがない」とか「本を書いているとは知らなかった」と答えられなかったのか。それが無理でも、「わたしこんな人、知りません」ぐらい言えなかったのか。突然気を失うことだってできたはずだ。

わたしの本の評価を知った記者は、学生に別の質問をした。

「学生さんや助手さんと先生の会話って、本当にああなんですか」

「ああいう会話はよくあります。授業のとき、先生と先輩のやりとりなんかすごいよね」

一人がこう言うと他の学生も口々に賛同した。

「そういう会話を聞いてどう思います？」

「あこがれますっ。先輩に！　ああいうふうになりたい」

話は結局、先輩学生の賛美に終わり、わたしへの賛辞は最後まで聞かれなかった。その間わたしは太っ腹にも、弱々しく笑っているだけだった。

いくら尊敬は有害だといっても、これでは行き過ぎではないか。この話をすると助手がわたしを慰めた。

「たいした悪口を言われなくてすんだじゃないですか。無難に終わってよかったですね」

「もっとわたしを尊敬できんのか？」

こうやってわたしはますます尊敬されなくなる。

仮定法の使い方

　わたしは教師のことばを簡単に信用しないよう、教師を軽視することを学生に教えるようにしている。さいわい、これは簡単である。三十分もあれば、わたしを軽視する態度を学生にたたき込む自信がある。

　だが、このやり方にも弊害《へいがい》がある。学生が素直にわたしの言うことを聞かなくなるのだ。

「ほら、君が探していた論文だ」

「えっ、見つかったんですか？」

「そうだ。なぜ喜ばないんだ？」

「見つかったら読まなきゃいけないんですよね……」

「この論文は面白いんだ。読むと絶対に楽しいよ」

「楽しくないです。先生の本と比べたら楽しいかもしれませんが、さくらももこさんの本と比べたら楽しくないです。さくらさんの本も貸していただけるんですよね」

「ちょっと待て。いま君は論文をさくらさんの本と比べたろう。二つ渡したら楽しい方を読むに決まっている。かわいそうだが、わたしにも教育の責任がある。論文を読むまでさくらさんの本は貸さない」

「ま、待ってください。わたし、さくらさんの本と比べたりしてません。一生比べないと誓ってもいいです」

「でも〈さくらさんの本と比べたら〉と言ったろう？　すでに比べてるじゃないか」

「でも〈雨が降ったら〉と仮定しても、実際に雨は降ったことになりません。だから〈比べたら〉と言っても、実際に比べたわけじゃないんです。本当です」

「じゃあ君は、〈はっきり言わせてもらえば、お前はクズだ〉と言われたことがあるか？」

「あるわけないでしょう」

「本当か？　わたしはある。実際に言われてみろ。腹が立つはずだ。〈はっきり言わせてもらえば〉と、形の上では一応仮定しているが、実際には〈お前はクズだ〉とはっきり言っているんだ。仮定することに意味がないだろう」

「でも、〈はっきり言わせてもらえば〉と仮定しただけなんですよ。その段階で先生が〈はっきり言うな〉と抗議していたら、はっきり言わなかったはずです。きっと、〈お前はクズだ〉の代わりに〈お前はクズ同然だ〉ぐらいにはなっていたと思います」

「ずいぶんはっきり言ってくれるじゃないか。だいたい、〈言わせてもらえば〉と言われた瞬間に抗議できるか？」

「たしかに。反射神経がないと難しいでしょうね。はっきり言わせてもらえば」

「はっきり言うなっ！　しかも倒置法で。よく思うんだけど、〈そんなことは考えるのも汚らわしい〉と言うだろう？　これにしても、すでに考えてるんだ。実際に考えなきゃ、汚らわしいかどうか分からないはずだ。〈比べたら〉も同じだ。実際に比べなきゃ、どっちが楽しいかだって分からないはずだ」

「でも、わたしは論文もさくらさんのその本も読んでないんですよ。どちらも読んでもいないのに、どうやって比べるんですか？　比べようにも、比べようがないでしょう」

「君はいままで論文を一本は読んでるだろう？　さくらさんの本だって何冊も読んだだろう？　そういう過去の経験から比較することはできるはずだ」

「でも、何度も映画を見た人が、まだ見たことのない映画どうしを比べろ、と言われても、比べようがないでしょう。そうだ！　近所にケーキ屋さんが出来たんですよ。そこのケーキは食べたことがないから、そこのショートケーキとモンブランも比べられません」

「もういい！　ちゃんと比べるために論文を読め」

「はーい！　まずさくらさんの本を読んで、それから映画を二本見て、ケーキを二つ食べて、録画してあるドラマを二回分見て……」

最後の授業

教師生活三十五年最後の授業を迎えた。

教員を辞めるときはたいてい慣例的に「最終講義」をする。最終講義というのは、たいていはかなり大々的に行われる講義で、同僚や卒業生や一般の人も参加できる。たいていは講義の最後に花束が贈られる。たいていはその後、パーティー会場に移り、たいていは夫婦そろって金屏風の前に立たされて、関係者の祝辞や思い出話を聞かされ、たいていは記念品をもらう。

最終講義は固辞した。理由はいくつもある。
①金屏風の前に立たされてさらし者になりたくない（大相撲で優勝しても祝典は断るつもりだ）。さらし者にするのが刑罰だった時代もあったと思う。
②わたしは儀式を好まない。わたしには、入学、卒業、結婚、葬式などの儀式の裏には、「もう逆戻りできないからね」と念を押す意味が含まれているように感じられる。最終講義という儀式も「これだけ公式に念を押しているんだからはっきり分かっただろう？　これで

お前の講義は最後だからね。二度と顔を出すんじゃないぞ」と言い聞かせる儀式のような気がする。

③人に迷惑をかける。準備をする人にも参加する人にも迷惑になる。最終講義の案内をもらうと、参加するにしてもしないにしても負担に感じるだろう。かといって案内をもらわないと、なぜ自分に案内が来ないのかと不満を抱く。負担か不満の結果に終わるのだ。パーティー参加費もかかる。わたしは心理的にも金銭的にも迷惑をかけたくない。常々、迷惑をかける人の気が知れないと思い、平気で棚を作れと催促する者がいるのが不思議で仕方がないのだ（しかも一回だけならまだしも、何度も催促するのだから、わたしの迷惑は尋常ではない）。学生の中にも、わたしが返答に苦しむような質問をする者や、判定に苦しむような答案を出す迷惑な者がいる。わたしはこうはなりたくない。

④ロクな結果にならない。精神科医の三浦勇夫氏は「最終講義をしてもどうせ恥をかく結果になるだけだよ」と言った（一回もわたしの講義を聞いてないのに、なぜ恥をかくと見抜いたのだろうか？）。それに最終講義を聞いた同僚が「あんな授業をしていたのか」と驚き、さかのぼって減給処分にされる恐れもある。

結局、最終講義をしないことに決めると、三十人ほどの学生相手の授業がちょうど最後の授業になった。

授業は楽しみの一つだった。学生たちとのやりとりが楽しいのだ。打てば響くというか、打てば叩かれる雰囲気の中で、どれだけ多くのことを学んだか分からない。哲学についてはもちろん、どうすれば学生を説得するのに失敗するか、どうすれば不信感をもたれるかなどを実感として知ることができた。どうすれば授業がうまくいくかということ以外はほとんどを授業で学んだと言ってもいい。

授業の楽しさに気づいたのはここ十年ほどだ。考えてみると、若いころ好きでもなかった散歩や公園巡りがいまでは楽しみになっているから、家にいなくてすむことはほとんど楽しみになっている。

最後の授業は全力を尽くしたい。前の週には、哲学がいかに面白いか、なぜ最高の娯楽になるかを語ったから、準備は万全だ。いよいよ最後の授業になると、三十五年の集大成として、掉尾《ちょうび》を飾るにふさわしく、最初から最後まで雑談で通した。結婚や進路についてとりとめもなく話した。その間は平静を装っていたものの、身体の奥が熱くなっているのが感じられた。朝から三十七度を超す熱があったのだ。

最後の授業を終えると、安堵感と一抹《いちまつ》の寂しさと解放感と微熱が残った。

記憶の大掃除

退職のため、大学の研究室から廃棄物と私物を運び去ると、研究室にはゴミとホコリが残った。

大学最後の日は大掃除だ。大掃除の法的義務はないが、立つ鳥跡を濁さず、最後はきれいにしておきたい。学生にもこの態度を見せて、好印象を与えておきたい。

学生に手伝ってもらってコーヒーやコーラがしみこんだ床に至るまで磨くように拭き清めると、部屋の中は見違えるようになった。机の表面の全貌を見たのはこれで生まれてから全部で二十分ほどになる。

こんなにきれいな部屋に住んでみたかった。せめてもっと前に掃除して数年間でも快適に過ごしたかった。

残念なのは、後に入る人には、どれだけ苦労して掃除したかが分からず、たんに「薄汚い部屋だ」と思われてしまうことだ。

掃除が終わると、学生の一人が「これで恩返しはすんだ」と言う。恩を感じるだけでもエライと言えなくはないが、学恩はもっと深いはずだ。

わたしは違う。十分すぎるほど恩に報いる人間だ。大掃除を手伝ってくれたお礼を十二分にしたい。学生の記憶には、何度となく失敗したぶざまなわたしの姿が刻まれているはずだ。その記憶を研究室のように一掃してきれいにしておきたい。せめて過去を帳消しにするほどの好印象を刻みつけておきたい。

近くの中華食堂に学生たちを連れて行き、「好きなだけ食べなさい」と気前よくすすめ、学生も遠慮しなかったが、一人千円程度しか食べなかった。学生たちの顔には、感銘を受けた様子は見られない。これでは記憶の改善は望めない。

こうなったら話術で挽回するしかない。会話に全力を傾けているうちに、異常に気がついた。左腿が冷たい。テーブルの上は何もこぼれていない。調べてみると、わたしの左に置いたカバンの底から液体がしみ出ている。カバンを見て原因が分かった。空のペットボトルが逆さに入っている。フタの閉め方がゆるくて、中のコーラが全部カバンの中に出たのだ。研究室を出るとき、一口飲んだだけのコーラのペットボトルをカバンに入れたことを思い出した。そのコーラを一本まるごとカバンに空けたことになる。こんなことならもっと飲んでおけばよかった。

カバンを逆さにするとバケツから出るようにコーラが流れ出る。カバンの中は何もかもコーラびたしだ。カバンの中のコーラの量は驚くほど多い。ペットボトルにはバケツ一杯分のコーラが入っているに違いない。書類やメモ類は使い物にならないから捨てるしかない。文庫本、カメラ、電子辞書、印鑑、手帳などを出し、手遅れかもしれないが、コーラが分子にまでしみこむ前に、学生たちが渡してくれたティッシュでそれらとカバンの中を拭く。だがティッシュもすぐに全部グッショリ濡れてしまう。ハンカチを出してくれる学生はいない。ましてや自分のコートを差し出す学生もいない。やむなく自分のハンカチを出して拭く。ズボンの尻ポケットに入れていたため好都合にもすでに濡れている。そのハンカチもすぐにグッショリになる。幸運にも、ハンカチはコーラを薄めたような色だから目立たない。

ズボンの左側はグッショリ濡れている。点検するとパンツの中までグッショリだ。だが幸運なことにズボンもパンツもコーラに濡れても目立たない色だ。

だがこの間に、学生たちの反応は驚きから、あきれ顔を経て、笑いに変わった。また物笑いになってしまった。最後の最後にわたしのうろたえる姿が学生たちの記憶に深く刻まれてしまった。研究室はきれいになったが、学生の中のわたしの記憶には汚点が残った。

Ⅳ 幸福論序説

都合のいい偶然

幸福な一日だった。大谷がホームランを打った。それだけで心がはずむ。外へ出ると、雨上がりで道路は光り、穏やかな日差しが心地よい。近所のネコと窓越しに目があい、しばらく見つめ合って気持ちが通じた気になる。幼児が二人キャッキャ言いながら走り回っている。ラーメン店で注文すると、いつもよりチャーシューが厚い。隣で食べているイケメンが餃子を一つ床に落とした。駅に行くと待ちかまえていたように電車がすぐ来る。もし妻が旅行に出かけて二、三日留守にしたら、極楽にいるのかと勘違いするところだ。

これらはすべて偶然である。大谷選手の活躍も天候も隣のイケメンの不幸も電車の到着も、わたしとは無関係に起こった偶然である。チャーシューは、たとえば三センチのチャーシューを九等分しようとしたとき、アルバイト店員が「辞めます」と言ったのに動揺した店主が、八等分の厚さに切ってしまい、通常より厚くなったなど。

ひらめいた。幸福は細部に宿る。何でもない偶然の中に幸福は宿る。

逆の日もある。朝、お茶をこぼして妻にとがめられ、外出でドアを閉めるとき指を挟んでしまう。外へ出ると、近所の犬が狂ったように吠える。喫茶店に行くとウエイトレスにいつもの笑顔がない。コーヒーを置くのもぞんざいだ。郵便局に行くと、窓口の係員が不機嫌そうな顔で「チッ」と舌打ちする。郵便局を出て公園に行くと、親たちの視線が氷のようだ。先日、公園のベンチでスマホを見ていただけの中年男が警察に通報されたことを思い出し、公園を出る。その後、電車に乗り、女子学生の隣に座ったとたん、学生が立ち上がって電車から降りる。

これも偶然が重なっただけだ。たとえばウエイトレスは恋人にフラれた上に風邪を引いていた。郵便局員は歯を抜いたばかりでまだ痛く、抜いた場所を舌で触ると「チッ」という音が出る。電車の女子学生は目的の駅だと気づいてあわてて降りたなど。いずれも、わたしと関係なく起こる偶然である。それが重なっただけで不幸になるのだ。これが何日も続けば、人生に疑問を感じ、人生の意味を深刻に問うようになるだろう。

世間の幸福論も哲学者の幸福論も、こうした偶然の力を見くびっている。人生の意味を見出せない悩みも、偶然宝くじが当たれば雲散霧消するのだ。

わたしは学生時代、赤貧洗うがごとき貧乏生活を送っていた。食パン一斤で一週間過ごしたり、空腹で眠れないこともあり、痩せこけていた。いくら考えても哲学の問題の解決は見出せず、論文を読んでも理解できない苦しい日々。人一倍享楽的なわたしがなぜそんな生活に耐えられたのか、不思議だった。

たぶん小さい偶然で幸福感を味わえたからだろう。たまに論文が一箇所理解できた、気晴らしに読んだミステリが面白かった、大学の食堂の賄《まかな》い係がポタージュスープの濃い部分を皿に注いでくれたなど。

以前入院したときもそうだった。医師が信頼でき、看護師の女性がみんな親切で優しい。看護師さんからは人生相談をされるほど打ち解けることができた。これは偶然ではなく、わたしの人徳のせいだが、わたしに人徳がないとしても、こういう偶然が重なれば幸福感に包まれるだろう。

幸福になるのに必要なのは「都合のいい偶然」だ。金を稼いだり、内面を磨くよりも、はるかに強力に幸福をもたらすのは、何でもない小さな偶然なのだ。

それが薄々分かっているから、ほとんどの人は、わたしと同じく、内面を磨かず、何につけても運に頼る、人間的に未熟な老人になってしまうのだ。

幸福になるための重要な能力

あまり注目されないが、人間の幸福に大きい貢献をしている能力がいくつかある。中でも重要なのは「だれかになりきる」能力だ。

たとえば映画を見ると、たいてい登場人物のどれかになりきっている。自分の身に起こっていることとして見ないと、手に汗握ることもできないはずだ。

さいわい被害者になりきることはほとんどないが、なりきった人物が途中で凶悪犯だと判明したり、殺されたりするかもしれないというスリルもある。

スポーツ選手が活躍すると、われわれは自分のこと以上に喜び、努力したこともないのに選手の苦しい努力が報われたと感慨にふける。選手が不振のときは、反省したこともないのに選手に代わって反省し、いっそうの努力を誓い、契約更改では、自分の何千倍と稼いでいる選手の年俸に一喜一憂する。少ない小遣いをやりくりして球場に足を運び、「遊んでないでがんばれよ」と選手を叱咤する。「お前ががんばれよ」と突っ込みたいところだが、ここまで選手になりきっているおかげでどれだけその人が救われていることか。

われわれは、朝のニュースで自分の恋人であるはずの女優が結婚することを知り、失恋に胸が張り裂ける思いをする。午後、映画を見て無敵の刑事となって悪党をたたきのめし、失恋のうっぷんを晴らす。その一時間後にはテレビの前でプロ野球の投手として快投し、最後に打ち込まれてほぞを嚙むが、夜、ノーベル賞受賞決定の朗報が入ると、悔しさは跡形もなく消え失せ、心は喜び一色となる。

受賞者本人は大変だ。授賞式に出る夫人の衣装をめぐって夫婦仲が険悪になり（もともと仲がいいはずがない）、腰痛をかかえながら（腰痛ぐらいはあるはずだ）長時間の飛行機旅行に耐え、晩餐会では食べられるかどうか分からない料理（スウェーデンは世界一臭い食べ物シュールストレミングの本場だ）を前にしてテーブルマナーもあやふやなまま、隣席の知らないセレブ女性とは言葉も通じないのに威厳を装いつつ談笑しているふりをしなくてはならない。その苦行の間ずっと気になっているのは受賞スピーチだ。英語が間違っていないか、正しく発音できるか、格調高い内容かどうか、自信がないまま全世界が見守る中を震えながらスピーチするのだ。寿命が確実に半年は縮む（一億円もらえるなら半年ぐらい縮んでもいいと思うかもしれないが、実際に寿命が尽きて「お前は明日死ぬ」と言われたら、寿命を半年延ばしてもらうためには一億円でも差し出すだろう）。

こう考えると、受賞者本人より、凡人が想像で受賞者になりきる方がはるかに純粋に栄誉と達成感にひたることができる。受賞に至るまでの失敗続きの長い年月をテレビで見れば、苦しかった日々を思い出して感慨にふけることもできる。

だれもが憧れる大富豪も実際にはたぶんラクではない。財産が盗まれるのではないか、目減りするのではないか、広い家の掃除をどうするかなど心配ごとが多い上に、狭い家に親子が身を寄せ合って暮らす経験も、立ち食い蕎麦や牛丼を毎日のように食べ、軽四に乗る生活も味わえない。

想像で富豪になりきる方がラクだ。現実に富豪である場合との違いは、面倒なことが一切ないことだ。いいとこ取りをしているのだ。

なりきる能力をさらに磨けば、寝そべるネコになり、薫風にそよぐカエデの葉になり、工夫次第では風にも星にも空にもブラックホールにもなれる。たぶん。

こうしてみると、大選手、ノーベル賞受賞者、大富豪、偉人よりも、努力もしないで憧れの人になりきるわれわれ凡人の人生の方が幸福かもしれない。偉人と代わってあげたいぐらいだ。

欲望を軽蔑せよ

人間はだれでも、尊敬される人間になりたいと願っているはずである。だが、わたしには、ほとんどの人が、軽蔑すべき人間になろうとしているとしか思えない。

われわれは、欲望の奴隷になっている人を尊敬しない。守銭奴、権力の亡者、名誉しか眼中にない人、性欲のかたまりのような人は軽蔑の対象になる。ほとんどの人は、子どものころから欲望の奴隷になることがいかに醜いことであるか、いかに人間を不幸にするかを、童話やドラマで叩き込まれ、大人になっても、私利私欲に走る政治家らを非難してやまない。

にもかかわらず、最近（ここ一万年ほど）の人間は、軽蔑すべき人間になっているとしか思えない。老いも若きも損得勘定にしか関心がなく、こぞって金儲けの方法を追求し、節税の方法に頭をしぼり、ブランドものを漁って物欲を満たし、評判のラーメン屋に行列を作って食欲を追求し、バイアグラで性欲をかきたてている。プラトンの『国家』に登場する老人の「性欲が衰えて自由になれた」といって喜ぶ精神のかけらもない。

子どもが欲求不満を訴えると、親はがまんすることを教える代わりに、子どもの欲求を満足させるよう努力する。そういえば、最近、自分が何をしたいのかを知りたがる学生が増えた。

しかし、欲望はそれほど尊いものなのか。かりに、洗面器にすくった砂粒の数を数える欲望を与えられていたら、われわれは毎日、砂粒を数えながら「なんて気持ちいいんだ」と酔いしれるだろう。だが、砂粒を数えて一生を過ごすことに満足できる人がいるだろうか。

砂粒の話を思いついて気をよくしたわたしは、多くの哲人が到達した結論「欲望を軽蔑せよ」と一致したことに勇気を得て、助手室に向った。久しぶりに、自信をもって若い者に教えてやることができる。

助手はケーキを食べている最中だった。わたしを見ると、まるでケーキを食べているのを見つかった助手のような行動をとった。具体的にいうと、「悪いときに土屋が来た」と心の中でつぶやき、口にほおばったケーキを急いでのみ込みながらも、トコトン味わい尽くそうと執念を燃やした（「悪いときに土屋が来た」といっても、助手にとっては、わたしが現れるときが「悪いとき」なのだ）。

「相変わらず旺盛な食欲だな。一人だけケーキを食べてうれしいか。欲望の奴隷じゃないか」

助手は、急いで食べたケーキの余韻と、机の上のケーキに全精神を傾注したまま、答えた。

「何がいいたいんですか」

いつもの答えだ。他の答え方を知らないのか。理解力に問題があることを告白する結果になっていることに気づいていないのがフビンである。

「君は自分一人の欲望を満足させることしか頭にないのか。おすそ分けの精神はどうした」

「これは、おすそ分けでいただいたものです」

「それをいいことに、ひとり食欲を満たしているだろう。卑しいと思わないのか」

「ケーキを食べるのは今月に入って初めてです」

「今月に入ってまだ二日だ。自慢になるか」

「でもセーブしてます」

「セーブといっても、ケーキ一個を一口じゃなくて三口で食べる程度だろう。欲望の奴隷であることに変わりはない。欲望にはテンタンとしてもらいたい」

「欲望のどこが悪いんですか」

わたしはここぞとばかりに砂粒理論を語って聞かせ、欲望を軽蔑するように説いた。キリストが罪人を諭すような気分だ。

「どうして砂粒を数えるのが悪いんですか。気持ちよくなることがいけないんですか」

「そうじゃない。そういうくだらないことで一生を終えていいのか、と問うているのだ」

「欲求を満たすのがどうしてくだらないんですか」

「欲望の奴隷になってどこに人間の自由がある。プログラムされた通りに生きているだけだ」

「では知識欲や研究欲の奴隷になってもいけないんですね」

「あー、えー、欲望には、悪い欲望とよい欲望がある」

「じゃあ、先生が魚フライが人より小さいといって騒ぐのは、よい欲望なんですか」

もはや教育の欲求は失せ、威厳を保とうとする欲求しかなくなっていた。

「えー、欲望には、あー、悪い欲望とよい欲望と、より大きい魚フライへの欲望がある」

北極グマを見ろ

先日、定食屋でサバの塩焼き定食を食べていたときのことだ。たまにしか訪れない幸福な瞬間だ。だが、幸福というものは長続きしない。たいてい、おろしたてのシャツに醬油がはねたり、サバが小さかったりするのだ。この日は違う理由だった。

店内は混んでいて、入り口には何人も列を作って待っている。隣の四人用テーブルでしゃべっている学生風のカップルが気になった。食事はかなり前にすませたらしく、食器は下げられ、灰皿にはタバコの吸い殻が何本も入っている。待っている客のことは眼中にない様子だ。

この無神経さでわたしの幸福は途絶えた。この男女は待っている人の気持ちを考えたことがあるのか。わたしが待っているときは、ぐずぐずする客に呪いをかけていたのだ。

最近の若者は他人の痛みが分からないといわれるが、呪いもかからないのではないか。それだけでも許せないのに、女の態度が、見苦しいのひとことだ。非常にだらしなく腰掛けていて、いまにも椅子からずり落ちそうになっている。そのままずり落ちてしまえ、と呪いをかけたが、あと一息のところで椅子に引っかかったままだ。

女のしゃべり方がまた、だらけきっている。これではとうてい消防士や軍人にはなれないだろう。とくに北極グマには絶対になれないだろう。

北極グマを見ろ。前の晩にテレビで見たが、北極グマはアザラシを獲ることのできない数ヶ月の間、寒風吹きすさぶ極北の地で、ほとんど何も食べないで過ごし、三百キロの体重が百五十キロにまで減るほど苛酷な条件の中で生きている。しかも子連れだ。こんな厳しい生活をしている北極グマと自分を比べて、恥ずかしいと思わないのか。

北極グマだけではない。世界には、餓死の危険に直面しながら毎日を送っている人々もいるのだ。そういう厳しい生活をしながら不平一ついわない人々に対して申しわけないと思わないのか。働きもしないのに、ぬくぬくと腹いっぱい食べ、タバコを吸う、その緊張感のない態度は何だ。ちっとは反省しろ。

問題が少しずれたような気もしたが、北極グマのことを思い出してから胸が熱くなっている。熱いみそ汁を飲んだからかもしれない。

わたしはサバを食べながら、アザラシにありついた北極グマのような心境になっていた。

男は不機嫌な顔をしており、ときどきぼそっとつぶやいている。二人のやりとりは、音声的には、ちょうど、けだるそうに牛が鳴いているところへ、ときおり風邪をひいたカエルがゲロッと鳴く状況に似ている。音声的にはおだやかだが、雰囲気的にはやや険悪だ。呪いの効果が現れはじめたのかもしれない。

なお、味覚的にはサバの味は良好である。二人の関係が険悪そうなのと味が良好というので、少しは怒りが和らいだものの、けんかにでも発展しないことにはまだ気がおさまらない。

取っ組み合いのけんかになれ、と呪いをかけたが、効果はない。

耳をそばだてて聞くと、女は「だってえー、ケンちゃんー、怒ってるんじゃん」とだらけている。それを聞いたわたしは心の中で叫んだ。

「ここにいるケンちゃんだったら、たしかに怒っているぞ！」

その場にわたし以外だれもいなかったら、大声で怒鳴ったところだ。

もっと呪いをかけてやりたかったが、これ以上ぐずぐずしていると、待っている客がわたしに呪いをかける恐れがある。わたしは呪いに弱いタイプだ。

「暖衣飽食の甘えきったやつらよ、北極グマの真摯《しんし》な態度の十分の一でも見習ってみろ」と心の中でいい捨ててわたしは席を立った。

外に出たときには、わたしは北極グマになりきっていた。外は寒く、強い北風が身を切るようだ。歩きながら、この何十倍も寒く、激しい吹雪の中を、子どもを連れ、食べ物を求めてさまよう北極グマのことを考えた。

だらけきった連中を軽蔑しながらしばらく歩いたところで、早くこたつに入って熱いお茶でほかほかの肉まんを食べようと思いたち、足を速めた。

酒池肉林が実現しない理由

八十八歳の夫婦が六十年の結婚生活を経て交通事故で死に、天国へ行くと、ペテロが二人の家に案内してくれた。ジャグジー付き浴室を備えた素晴らしい景色が見渡せる豪邸だ。しかも家賃は天国だから無料だという。家に隣接する最高級のゴルフ場では、毎日無料でプレーできる。クラブハウスには豪華なランチが並んでいる。料金は天国だから無料と言われた。夫が「低脂肪、低コレステロール食はどれですか」と聞くと、ペテロは「好きな物を好きなだけ食べても太らず、病気にもなりません。ここは天国だから」と答えた。すると夫は怒って帽子を床に叩きつけて踏みつけ、暴れ出した。ペテロと妻が理由を聞くと、夫は妻に言った。「お前の健康食ダイエットがなきゃ、十年早くここに来られたんだ!」

長生きするために我慢を重ねてきたのだ。こんな不条理があっていいのか。

①長生きのためには何でもする覚悟ができている。長生きのためなら死んでもいいとまで思いつめている。

②何のために長生きするのか。人生を享受するためだ。

③人生を享受するとは、主として不健康で自堕落な生活をすることだ。

④不健康で自堕落な生活をすると死期を早める。

この仕組みを作ったのが神なら、とても人間にやさしいとは思えない。

こんなことなら最初から人生を苦しいものにしてくれればよかったと思う（そう思ってから急いで「人生が苦しいよりはいまの方がマシだ」と訂正する）。

楽しみたいから長生きしたいのに、その楽しみを放棄しないと長生きできないのだ。代償が大きすぎる。ちょうど不老不死の秘薬を手に入れるためには、不眠不休で一生探し続けなくてはならないのと同じだ。あるいは大富豪になるためには、爪に火をともす貧乏生活を一生続けなくてはならないのと同じだ。

残念なことに、犠牲なしには何物も手に入れられないのがこの世の鉄則だ。安楽な生活を送っていると運動不足で病気になる、勉強しないと志望校に入れない、トレーニングしないとスポーツで成功しない、面白くない練習を毎日やらないと楽器は上達しない、自分の趣味でもない服装をして心にもないことばを吐かないと女から相手にされない、自分のほしい物を買うにはその十倍の価格の物を妻に買わなくてはならないなど。しかも払った犠牲が無駄に終わることも少なくない。

好きなことばかりしていると、試験に落ちるか、身体を壊すか、金を失うか、孤独死するのがこの世の仕組みなのだ。人間に大きい楽しみを許さないという大きい意志が支配しているとしか思えない。

多くの男（わたしを除く）の理想「酒池肉林」がなぜ実現しないのか。財力がない、家族が許さない、女が寄ってこない、高カロリー食がメタボの身体によくない、医者から酒を止められているなど、多くの障壁が何重にも張りめぐらされているからだ。実質上、禁止されているに等しい。

さらに念の入ったことに、人間は理性を与えられている。理性とは自分で考えて選ぶ能力だ。たとえばボタンを押すとドーパミンなどの快楽物質が脳内に分泌される装置をつけられたサルはボタンを押し続けるだろうが、理性を備えた人間は、そういう欲望の奴隷になった一生を送りたがらないだろう。

快楽主義の元祖エピクロスが酒池肉林でなく「心の平穏」こそ最高の快楽だと考えたのも、「天国」の観念の中に酒池肉林が入っていないのも、理性のせいだ。酒池肉林はたんなる夢としてあきらめるしかない。

加齢による聴覚・視覚の発達

年を取ると、若いころ聞こえていたモスキート音と呼ばれる高周波数音が聞こえなくなる。それを聴力の衰えと言う人がいるが、なぜ「衰え」なのだろうか。そんな音が聞こえても邪魔なだけだと思える。公園やコンビニから追い払われるのに利用されるだけだ。「聴力が衰えた」というよりも、むしろ不要な音をさえぎるフィルターが発達したと考えるべきだ。今後さらにフィルター機能が発達して、特定の個人の声だけをさえぎるようになってほしいものだ。

同じことが視力にも起きる。年を取ると若いころのようにはっきり見えなくなる。これも視力の「衰え」と決めつけられているが、そんな消極的な態度でどうするのかと言いたい。自分の都合のためなら、デタラメもこじつけも辞さないのが老人の特権だ。それが老人の特権だという主張には根拠がないが、根拠なく断言するのも老人の特権だ。

目ははっきり見えればいいというものではない。もしハッブル望遠鏡のような目をしていたら、何億光年先の星は見えても、目の前のタコ焼きが見えないのだ。そんな目がほしいだろうか。

だいたい、美人をカメラで写すときは、紗《しゃ》をかけて、わざとぼかしを入れ、直射日光のようなギラギラした照明を避けるではないか。美は薄日や残照の中で映える。明瞭すぎると美は半減するのだ。

たしかに、美人を見ると幼児でも瞳孔が開くらしいが、これは美しいものにはトゲがあるから（美しくないものにもトゲがあるが）、美しさに惑わされないよう、詳細に見て欠点を探すためではなかろうか。

月は遠くから離れて見た方が美しい。宇宙飛行士は、近くで見る月の美しさを語らず、遠くから見る地球の美しさを讃えるのだ。どんな美人も、一センチの距離から見れば美人には見えないだろう（そんな距離で見たいものだが）。美を味わうには、距離と暗さが必要なのだ。場合によっては御簾《みす》越しであったり、すりガラス越しであったり、コンクリート越しで、照明は星明かりないし漆黒の闇である必要もある。

だが年を取ると、わざわざ照明を消したり、コンクリートの壁を立てる必要はなくなる。努力しなくても、視力が適切なレベルに調節され、ぼんやりとしか見えなくなってくるのだ。

細かいところまでくっきり見えないといけない仕事もあるが、そういう機械でもやれる無味乾燥な作業は若者がやればいい。ぼんやり見えるようになってきたら、美が見えるようになったときだ。見るということは、たんに光が網膜に像を結ぶというだけのことではない。物が見えるのと美が見えるのとでは違うのだ。視力に恵まれながら、男を見る目がない女がいかに多いかを考えてみればいい。

人間は、生まれてからロクなものを見ないような気がする。赤ん坊がじっと見るのは、電柱の表面だったりする。もっと他に見るものがあるだろうと思うが、初めて見るものはどれも電柱の表面程度の価値しかないのだ。その後成長して見るに値すると思ったら、それは不幸をもたらすか、金を取るか、身体に悪いか、相手にしてくれないかだ。

だが、さらに年を取ると、それが一変する。月や夕日の美しさが見えるようになるのだ(そういう物しか見るものがなくなるが)。

先日、電車から大好きな海を見た。雨の黄昏時《たそがれどき》、水滴と蒸気で厚く曇ったガラス越しに見る海は、しのつく雨にけむり、それを見るメガネのレンズは汚れ、わたしの水晶体は近視と白内障でさらにぼやけて見えた。海を見ているのかモルタルの壁を見ているのか判然としないほどの風情だった。ぼんやり見えすぎるのも考えものかもしれない。

老化の喜び

年が明けると「おめでとう」というが、年が明けるのがなぜめでたいのだろうか。結婚がめでたいといわれるのと同じくらい不可解である。むしろ、「これでまた一つ年をとる」と考えて、暗い気持ちになる人の方が多いのではなかろうか。とくに、年をとることを忌み嫌う風潮がはびこっている昨今ではなおさらである。

しかし年をとるのはそんなに悪いことなのだろうか。

どんなものにも両面の真理がある。古代ギリシアのプロタゴラスはどんなものについても真理は一つではないと主張した。その彼に次の逸話が残っている。

プロタゴラスは裁判に勝つための弁論術を教えていたが、弟子の一人が授業料を払わないので、裁判に訴えた。弟子は、「裁判に勝つ技術は教わらなかった」と反論した。これに対し、プロタゴラスはこう主張した。

「もしわたしが裁判に勝ったら、弟子は判決に従って金を払う義務がある。もしわたしが負けたら、弟子が裁判に勝つ技術を身につけたのだから、その謝礼を払う義務がある」

弟子も負けずに反論した。

「もしわたしが勝ったら、判決通り、金を払う必要はない。もし負けたら、裁判に勝つ技術を教わらなかったことになるのだから、金を払う必要はない」

両面の真理は、食事の仕方にもあるように思われる。出された料理を嫌いなものから順に食べる人と好きなものから順に食べる人に分かれるが、どちらにも理屈がある。

嫌いなものから食べる人の理屈はこうだ。

「好きなものを後に残すようにすると、一口食べるたびに前回口にしたよりおいしいものを食べることになる。一口ごとにおいしさが増していくことになるのだ。逆に嫌いなものを後に残すと、一口ごとにまずくなる」

これに対し、好きなものから食べる人にも理屈がある。

「好きなものから食べると、目の前の料理のうちもっともおいしいものを食べ、その次も、残った料理のうちでもっともおいしいものを食べることになるのだから、つねに目の前の料理のうちもっともおいしいものを食べていることになる。逆に嫌いなものから食べる人は、つねに目の前の料理のうちもっともおいしくないものを食べていることになる」

このように何事にも両面の真理がある。当然、ダカツのように嫌われる老化も悪い面ばかりであるはずがない。それどころか、悪い面を見つけるのが難しいほどだと思う。現にわたしは機会あるたびに老化を賛美してきた（これはわたしの老化が相当進んでいるからでもある）。冷静に老化のいい面、悪い面を列挙してみれば、老化の長所が明らかになるはずである。

①「若気のいたり」といういいわけが使えなくなるかわりに、「もう年なので」といういいわけが使えるようになる
②老人性高血圧になるかわりに若年性高血圧にならなくなる
③身体の働きが悪くなるかわりに、それに気づきにくくなる
④髪の本数が減るかわりに、しわの数が増える
⑤体力が低下するかわりに血圧が上昇する
⑥覚えにくくなるかわりに忘れやすくなる
⑦気が短くなるかわりに説教が長くなる
⑧耳が遠くなるかわりに小便が近くなる
⑨小便が出にくくなるかわりに目やにが出やすくなる
⑩いじめられやすくなるかわりに性格が悪くなる

こう列挙してみると、年をとるのも一長一短あり、いいことばかりではないような気もする。どちらかというと悪い面の方が多いかもしれない。年をとるのも考えものである。

死を思え

人間はいつか必ず死ぬ。しかし、よっぽどのことがないかぎり死ぬようなことはない（「よっぽどのことがないかぎり」とは、「死ぬようなことがないかぎり」という意味である）。よく「あっけなく死ぬ」といわれるが、突然死ぬことはあまりない。その証拠に、朝目を覚まして「あれっ、今日も生きている」と驚く人はいない（「あれっ、今日は死んでいる」と驚く人もいないが）。

このように人間は生き続ける方がふつうである。だからこそ人が突然死ぬと驚くのだ。生き続けるには特別な原因はいらないが、死ぬためには何らかの特別な原因が必要である。

人間は死ににくいにもかかわらず、コンピュータやテレビのような機械と比べ、作り方は驚くほど簡単である。コンピュータを一台作るのは非常に難しく、高度の知識が必要である。釘一本作れといわれても、どうやったらいいのか途方にくれるのだ。それに対し、人間を一人作るには、たいした労力も知識もいらない（知識がない方が作れてしまうほどだ）。

われわれはこのように死ににくい構造に生まれついていることを自覚しており、めったなことでは死なないと信じて生活している。明日も生きているに決まっていると思っているからこそ、貯金し、歯を磨き、定期を買い、明日のおかずを買い置きし、宿題をやっているのだ。

このため、われわれはともすれば自分が生きているのは当然だと思い、いつかは死ぬという事実を忘れてしまいがちになる。

これに対して、古来、多くの人が「死を忘れるな」という警告を発してきた。ヨーロッパ中世の絵画には、通常の絵の隅にどくろを描いて死を思い起こさせる趣向のものがある。

このように警鐘が鳴らされるには理由がある。死を忘れていると、生きていることのありがたさを忘れてしまう。死に直面するとき、はじめて人間は生きることの大切さを知る。それまで、異性に恵まれていない、脚が短い、金が自由にならない、病気ばかりしている、と不平ばかりいい、目先の利害に一喜一憂している人が、死を意識すると一時的に真人間にもどり、それまでの生活を悔い改め、自然の美を見出し、人類愛に目覚め、脚が短いことにも感謝するのである。人間が愚かな行為をするのは死を忘れているからだ。死と向かい合って生きるのが人間のあるべき姿である。こう考えられるのだ。

この考え方にはもっともなところがある。実際、われわれの日常の行動の中には、死から目をそむけているとしか思えないものがある。心情的にも、夏休みをのほほんと遊んで過ごし、休みが終わるころになって「宿題をしておけばよかった」と悔い改める経験をした大部分の人には納得しやすいだろう。

死を意識するとどんな生活になるだろうか。浮かれ騒ぐ、ギャンブルにのめりこむ、気楽にプロ野球を楽しむ、といったことには無縁になり、何よりも時間潰しをしなくなるだろう。

そのかわり、仕事や夏休みの宿題に力を注ぐこともなくなるだろう。たぶん、詩集でも読みながら、親孝行に励む毎日になるのではなかろうか。

しかし、このように清らかな生活になるのは、たんに、死を前にすると悪いことを考える余裕がなくなるからではなかろうか。もっと余裕がなくなって、三日後に巨大隕石が地球に衝突して人類が全滅するということが分かったら、人々は自暴自棄になって、この世は阿鼻《あび》叫喚《きょうかん》の地獄と化すだろう。

そういう事態でなくても、詩集と親孝行の生活は長続きしないだろう。人間が愚かな行為をするのは死を忘れるからではなく、たんに根が愚かだからだと思われるのである。

死を考え続けるのも考えものである。死をまったく考えない子どもや動物が幸福そうにみえるのはなぜかを考えた方がいいと思う。

笑いは不謹慎か

熊本地震のとき、ネットでは「検閲」が横行して、わたしの家にいるようだった。災害時にはいつもテレビ局は、お笑い番組を自粛する。お笑いは不謹慎だからというのだ。

だが、事故や手術の失敗で死ぬ人は毎日いるし、海外では虐殺や子どもの餓死が日常茶飯事だ。そういうときお笑い番組を流しても不謹慎にならないのか。

そもそも、なぜお笑いが不謹慎なのか。人間が一番笑うテーマは、深刻な不幸なのだ。事実、コントになるのは、病気、葬式、失恋、リストラなど不幸な出来事である。人間が深刻に苦しむことがなければ、笑いは必要ないだろう。人生の根底には生、死、運命への不安が深淵のように口を開けており、人間はその前では無力だ。それに対抗するには笑いに頼るしかない。

イギリスにいたとき「ユーモアのセンスがないと人ではない」と言わんばかりにユーモアが重視されていることに驚いたが、その理由がまた意外だった。多くのイギリス人は「ユーモアがないと人生の危機を乗り越えることができないから」と答えたのだ。ユーモアがないと苦難に押しつぶされてしまうというのだ。

わたしも苦しいときに笑う。教師時代、年度末になるとあらゆることに自信を失う鬱《うつ》状態になっていたが、あるとき「自信がないことにかけては自信がある」と考えて思わず笑い、乗り越えられたことがある。

大きい手術をしたときもそうだった。数時間の麻酔からさめると、そばに手術室つきの看護師さんがいて、わたしの本のファンだと話しかけた。わたしが病院の態勢が信頼できるとお礼を言うと、看護師さんは「わたしたちは万全の態勢を整え、手術室では一人の死者も出さないようにしています」と言ったので、わたしは「えっ、患者が死にそうになったら手術室の外に出すんですか」と言った。看護師さんは、わたしの冗談を聞いてもニコリともしなかったが、冗談がウケなかったことも可笑しくて、心の底にあった病気や死への不安は和らいだ。

わたしの弟が緑内障でかなり視野が狭くなっていることも冗談にしている。「おめえは緑内障でわしは白内障、と進む道は分かれたが、おめえも緑内障で心も身体も視野が狭うなった。病は心を表すもんじゃのう」と岡山弁で言って二人で笑う。

わたしの親が死んだときは、悲しみで人前で涙を抑えることができなかったが、精進落としの席では冗談ばかり言って笑ったものだ。知らない人が聞いたら、葬式の直後だとは思わなかっただろうが、それでもわたしは不謹慎とは思わなかった。笑いは悲しみと両立する。それどころか悲しみに打ちひしがれないためには笑いが必要なのだ。

精進落としの席ではこんな会話を交わした。

わたし「母の若いころの写真を見たら別人みたいに美人だった。本当に別人の写真だったかもしれない。正直な人だったが、正直であるためなら、嘘をつくことも辞さない人だったからな。ところでみんな次は誰の葬式だろうと考えてるよな？　憂鬱だよ、おれは全員の香典を出さなくちゃいけないんだから」
従兄弟「待て、お前が一番先だろう、年齢的にも」
わたし「早死にもあるから年齢はあてにならない。でも憎まれっ子世にはばかるという理論から言うとおれが一番先に死ぬかもしれない。そのときのために香典をいまのうちにくれないか」
従兄弟「香典の前借りはよせ。最後までみっともなかった男になったら、お前の弔辞はどうなる？　ホメるところがないんだ。香典の前借りをしなかった男ということでもないと、弔辞で悪口を言うしかなくなるんだぞ」
わたし「そういう悪口を防ぐためにもお前らより先に死ねないんだ」

病院恐怖症

病院が怖い、診察も検査も注射も支払いも怖い。

白衣まで怖い。子どものころから白衣が怖かった。逃げ回る元気もないときに人相の悪い白衣の男がやってきて、無言のまま、いたいけな子どもの口の中にヘラを突っ込み、針を刺すなど、虐待同然の狼藉を働いた上に、金まで取って行った。

そのときから医療恐怖症になった。見知らぬ白衣の男が、白昼堂々、平然と人に苦痛を与え、なぜ罰せられないのか不可解だった。

子ども心に誓った。「絶対に病気にはなるまい。なっても隠し通そう。バレても逃げよう」（医療方法の改善を実現させようというわけではなく、ひたすら苦痛から逃れることだけしか頭にない子どもだった）。

だがいくら努力しても病気にはなり、悪いことに集団検診が待っていた。大学入学時の健康診断で初めて血圧測定を受けたときは、何をされるのか見当もつかず、順番を待っているうちに不安がつのり、想像を膨らませた挙げ句、血管に極太の針を刺す以外に血圧を測る方法はないという結論に至り、わたしの恐怖心は極限に達した。心臓は早鐘を叩き、「頻脈」と診断され、体育の時間は見学となった。

数十年後になってようやく血圧測定恐怖症からは卒業できたが、病院への恐怖はおさまっていない。

いまだに白衣を見ると怖い。たしかに白衣は魅力的だ。男はよりイケメンに、女はより美しく見える。魅力的なのに怖いのだ。牛が可愛いのにおいしく、バラはきれいなのにトゲがあり、高カロリー食はおいしいのに身体に悪いのに似ている。

大人になってもなぜ病院が怖いのか、言うまでもない。こちらは裸同然の無防備な姿になるのに、相手は、ピカピカ光る尖った金属製の道具をもち、返り血を受けないよう白衣を着て、顔が分からないようにマスクをしているのだ。おまけに病院には薬剤や手術道具など、わたしを何百回も殺せる道具がいっぱいある。薬剤にしてもこっちは用途も知らない。ふだん飲んでいるサプリメントでさえどんな効果があるのかよく分かっていないのだ。戦略爆撃機の前に裸同然で身を投げ出すようなものだ。恐怖を感じない方がおかしい。

そんな怖いところに、安楽を好むわたしが自らの意志で行くのだから不思議である。だが病院に行けば、できるだけ感じのよい人間を演じ、卑屈なまでになる。機嫌を損ねたら何をするか分からない相手なのだ。機嫌をとれば、重い病気を見逃してくれるかもしれない。

昔手術を受けたときもそうだった。インフォームドコンセントで、リスクの説明を受けるときも、笑いを交えて明るく聞く。

「麻酔も手術も五十万人に一人とか三万人に一人とか案外死亡リスクは低いんですね。馬券も当たったことはないから安心です。万一当たっても全部のリスクに前後賞込みで同時に当たることはないから安心です。ハハハ」

明るく笑いながらも、内心では「こんなに危険が大きいのなら絶対死ぬ」と怯えきっているのだ。

愛想をふりまくせいか、看護師さんにも評判がよく、入院中は人生相談までされたほどだ。よく退院させてくれたものだ。

病院に行くと好人物になるだけではない。心が変わり、人間が変わる。生死がかかっているため「健康になれば、心を改めて今後は世のため人のために余生を捧げます」と神に誓って別人になる。

これまで病院で命拾いするたびに、神、自然、人々、病院に感謝し、新たな気持ちでスタートを切ってきた。まさに人生のリセットだった。残念なのはそれが三十分しか続かないことだ。

なぜ結婚すべきか

結婚しない人が増えているというが、嘆かわしいことだ。

わたしがこういうと、反論されるかもしれない。

「お前に嘆く資格はない。お前は結婚生活の不幸を訴えているし、妻の悪口ばかり書いているではないか。そういう者が結婚を勧めるのは無責任だ。ちょうど〈これ食べてみたけど、とても食べられたものじゃない。だから君もぜひ食べるべきだ〉と勧めるのに等しい」

だが、わたしが書いているのは妻の悪口ではない。わたしがしているのは告発である。

「こいつはドロボーだ」「こいつは悪人だ」というのは悪口ではなく告発だ。最近、身内をかばう警察の姿勢が非難されているが、わたしは命がけで身内を告発しているのだ。人はわたしを恐妻家だというが、恐妻家がこれだけの危険を冒す勇気があるだろうか。嘘だと思うかもしれないが、妻の実母からは、「よくいってくれた」と感謝されているのだ。

「いくら何でも〈命がけ〉というのはいいすぎだろう」といわれるかもしれないが、決して誇張ではない。たしかに、一般的には、腕力では女よりも男が強いものとされており、実際、ルールと制限時間があるなら、三回に一回は勝つ自信はある。だが、ルールなし・無制限一本勝負なら、確実に負ける自信がある。女にはいろいろな手があるのだ。無理難題を要求してストレスを与える、有害な洗剤を洗い落としていない茶碗を使う、腐ったものを食べさせるなど。そこまでいかなくても、夫の好物（たいてい身体に悪い）ばかり食べさせれば、時間はかかるが、罪に問われず、しかも夫に喜ばれつつ致命的ダメージを与えることができる。

善人のわたしにはこの程度しか考えつかないが、妻なら、想像もつかないことを無数に考えつくはずだ。保険金殺人のニュースがあるたびに、知らないうちに保険をかけられているのではないかと不安になる。わたしが金を稼がなくなったときが一番危ない。

わたしはこういう境遇にいながら他人に結婚を勧めているが、これは不幸な仲間を増やすというケチな動機からではない。

先日、インターネットのわたしに関する掲示板で、ある男が「結婚すべきだと思うか」とわたしにアドバイスを求めてきた。わたしにアドバイスを求めるほど無謀な男なら、とっくに結婚していてもよさそうなものだが、よほどモテないのであろう。わたしは誠実に答えた。

「結婚なら、ためらうことなく百回でも二百回でもしなさい。結婚しないと人生の半分しか味わえない。重要なこと（苦悩、絶望、閉塞感など）を知ることができず、人間性についても、人間がいかに傲慢になりうるか、どこまで愚かになりうるかを何も知らないまま一生を終える可能性がある。結婚しない人生は、ダイオキシンの入っていないコーヒーのようなものだ」

こう書いたら、知り合いの松本（仮名）が賛成意見を書いた。

「まったく同感です。人は苦労をしてこそ、一人前になるのです。結婚は修行です。ぜひ艱《かん》難《なん》辛苦をなめてください」

松本が苦労しているとは知らなかった。不釣合いな美人妻をもらっている上に、苦労の跡が顔にも生活態度にも見られないのだ。

相談者は既婚者二名の意見に説得されたのか、早く話題を打ち切りたいと思ったのか、「ダイオキシンの入っていない女性を探します」と書いてきたが、わたしは手をゆるめなかった。

「ダイオキシンの入っていない女は、女とはいえない。コーヒーの入っていないコーヒーのようなものだ。そういう者を相手にして何になる。せいぜい幸福な生涯を送ることができるだけだ。自分の幸福を求めるような了見の狭いことでどうする。万分の一でいいからキリストを見習いなさい。それにダイオキシンの存在は簡単には分からない。中には一生気づかない男もいる。万一ダイオキシンを含まない女がいたら、決して近寄らず、わたしに処理をまかせなさい。それから、勘違いしてはいけない。松本は〈苦労しないと一人前になれない〉といっているが、松本を見ても分かる通り、苦労したからといって一人前になれるわけではない。一人前になるために結婚するのでなく、何の見返りも期待せず、純粋に苦労するために結婚しなさい」

ツチヤの人生相談

問　チビです。どうしたらいいでしょうか。

答　何もする必要はありません。ほっておいても大丈夫です。

どうしても気になるなら、自分を大きいノミだと思えば、何ら問題はありません。

進化論的にいうと、小さい動物が存在しているのは、小さくないと生き延びられないためです。小さくなると敵に見えないという利点があります。あなたも、見つかりたくないと思ったことがありませんでしたか。

もしノミが猫ぐらいの大きさだったら、今ごろ絶滅していたでしょう。蚊でも大きすぎるぐらいです。蚊は叩くとつぶれますが、ノミのように叩いてもつぶれないぐらい小さくなれば生存はさらに有利になります。だからノミやダニは小さく進化することを選んだのです。人間や猫や象が生きていられるのが不思議なほどです。動物にかぎらず、進化は小さくなる過程です。ラジオもコンピュータも水着も畳も昔より小さくなりました。

実際、大きくてもロクなことはありません。態度が大きい、顔が大きい、話が大きい、被害が大きい、欠点が大きいなど。わたしも身長二メートルですがロクなことはありません。

ですから自信をもってさしつかえありません。進化の理論にかなっているならなぜ女にモテないのか、とお考えかもしれませんが、原因はいろいろ考えられます。チビだけが進化論の例外かもしれません。進化の理論が間違っている可能性も否定できません。また、女が理論を知らないため、勝手に行動しているという可能性もあります。あるいは、分かっていても理論に従う気がないのかもしれません。そもそも女の行動を理論化することに無理があるのでしょう。

いずれにせよ、女にモテるかどうかといった細かいことは気にしないことです。モテてもロクなことはありません。

問　ノッポです。どうしたらいいでしょうか。

答　動物は大きくなることによって身を守ってきました。象、キリン、クジラなどは、武器をもっていないのに、ライオンに襲われません。大きければ同じ仲間の中でも有利です。サルの集団でもノミの夫婦でもボスになるのは大きい者です。このように、大きい動物は生存に有利なのです。

では、そんなに有利なら、なぜすべての動物が大きくならないのでしょうか。それは、大きい身体を維持していくのが大変だからです。では、そんなに大変なら、なぜ大きい動物がいるのでしょうか。大きい身体だと維持が大変だ、と考えて大きくならなかった動物が多かったために、それらから身を守るために大きくなったのです。

小さくてもロクなことはありません。チビのわたしにロクなことがないのがいい証拠です。

問　ハゲです。どうしたらいいでしょうか。

答　心配いりません。わたしのように髪があっても、ロクなことはありません。ハゲるには理由があります。中年男が未熟な若者とは違うことを示すにはどうしたらいいでしょうか。中身では違いを示せません。中身は違わないからです。違っているとしても悪いところが増えているだけです。

動物の場合、ライオンは違いが一目で分かるようにタテガミを発達させました。人間には散髪の習慣があるため、髪を伸ばし放題にしておくと、散髪に行く金がないのかと思われるだけです。そこで、人間のオスは、未熟な若者ではないことを示すためにハゲを発達させました。このようにハゲは理にかなっているのです。安心してハゲてください。

問　孤独です。どうしたらいいでしょうか。

答　孤独は、ストーカーや借金取りや殺人鬼と一緒に暮らすよりははるかに望ましい状態です。どうしても孤独がいやだと思うなら反省してみてください。あなたは自分しか愛していないのではないですか。こういう相手じゃいやだなどと、自分で愛を拒んでいませんか。自分以外のものを愛しなさい。犬でもゴキブリでも、愛すれば友達になってくれます。

よく「一人寝の淋しさ」といわれますが、ふとんの中にはダニが何万匹もおり、身体の中には何万という細菌が住んでいます。あなたは一人で生きているわけではないのです。

とんでもない世界観

あらゆる物事は単純である。細かい点を除けば。

われわれは子どものころ、物事を大幅に単純化して理解する。そのためとんでもない誤解をすることもある。たとえばアメリカの子どもの会話はこうだ。

「ぼくが好きなのは魚釣りと虫捕りだよ」

「どんな魚を釣るの?」

「エビとカニとカキとハムスターとクジラ」

この子どもが挙げている動物は、魚ではないという点以外には共通点がない。これをすべて魚と分類しているのだから、大胆な単純化である。これに比べると、日本の子どもは賢い。ある大阪の子どもは「人間には三種類ある。大阪人と外国人と宇宙人だ」と言ったが、金魚やミドリガメを加えていないところが賢い。

人間の知識は大人になるとしだいに緻密になるが、子どもの心を失わないのか、大雑把な域を越えることはない。

科学の世界でもそうだ。理論的には精密でも、現実には大まかに計測し、だいたいの見当で摩擦係数を決め、それに温度や気圧や人間の気まぐれを加味するのだから、誤差が出ることは避けられない。しかも、円周率や2の平方根は小数点以下無限に続くから、どこかで四捨五入などでキリのいい数にしないと使えない。計算法も、コンピュータで使われるのはたいてい近似計算だ。完全な正確さは不可能なのだ。

そんな小さい誤差より、もっと大きいこと（ギョーザを追加するかどうかなど）に目を向けろと言われるかもしれないが、わずかな違いが大きい結果をもたらすことがある。北京で蝶が羽ばたくかどうかのわずかな違いがニューヨークで嵐が起こるかどうかの大きい違いになったりするという。わたしが今日くしゃみをしたために、一週間後に南極が嵐になるかもしれない。わたしが数年前、川に小石を投げなかったらタイの洪水が防げたかもしれない。こういう事象をどんなに細かく計算して予測しても、大ハズレの可能性がある。そして「わずかな違い」は避けられないため、大ハズレの可能性は絶対になくならないと科学者は考えている（とわたしは考えている）。

われわれの頭の中は子どもと同様の五里霧中状態だが、その自覚はない。たぶん大雑把な知識を想像と推理で埋め、それでも残る空白には注意を向けないようにしているのだ。だから、だれもがとんでもない世界観をもっている可能性がある。ときどき「ロンドンはアメリカにある」といった勘違いをしている人がいるが、ちょうどそういう人と状況は似ている。

次の文を読んでも奇異に思わない人は世界をかなり歪曲している。

「錦糸町《きんしちょう》から徒歩十分のフランスは、隣国アルゼンチンとの国境紛争に加え、インドネシアから自転車に乗って越境する不法入国者に手を焼いていた。フランスはＥＵ参加を希望したが、ＥＵの中心国であるペルーと滋賀県が反対した」

　地理にかぎらず、大雑把さではだれでもこういう人と五十歩百歩だ。自覚はなくても、歴史についても大きな勘違いをしている可能性がある。かりに大化の改新を説明したビデオを一度見せられた後、その内容を説明せよと言われたら、大なり小なり次のような不正確な答えになるだろう。

「昔、まだ東京タワーも地下鉄丸ノ内線も発見されていなかったころ、人々は時代遅れの髪型に白い浴衣姿で寒がっていた。そのころ〈なかとみのかたまり〉と〈なかのさかうえのたむらまろ〉が談合か競合をした結果、〈そがのいもこ〉はのけものまたはたわけものになり、だれかが飼っていたイルカが死んだ。最終的には三人とも死んだ。また、大火が発生し、一部の人が改心した」

何を失ったのか

いまになって思うと、わたしの全盛期は子ども時代だったと思う。わたしの子ども時代は華々しかった。小学生のころには、多くの天才たちと同様、児童の名をほしいままにしていた。このままいくと将来はきっと大人になるにちがいない、とみんなに思われていた。

わたしは世間の期待を裏切らず、無事、中高年のオヤジとなっているが、児童を経て大人になる素質は生まれたときから備わっていたのだと思う。わたしが生まれて一週間後には、家族の中にわたしの名を知らぬ者はいなかった。小学校に上がると、わたしの名はまたたく間にクラス中に知れわたった。わたしの名前を知ると、「土屋くんがガラスを割った」などと先生に告げ口したりしたものだ。

わたしが生まれ育ったところは、岡山県の宇野という瀬戸内海沿岸の町である。駅でいうと、東京の池袋から新宿方面行きの山手線に乗り、何回か電車を乗りついで、山陽本線の鴨《かも》方《がた》という小さい駅に着いたら、乗り間違えたと思っていい。それでもノサップ岬やケープタウンに着くよりはまだいい。

宇野よりはるかに目立たない駅に八浜《はちはま》というところがある。その八浜が目印になる。八浜を目指して電車と船を乗りつぎ、四国の高松から瀬戸内海を渡って八浜駅に無事着いたら、その手前の駅が宇野だ。

その町で過ごした日々は幸福の絶頂だった。小学生のころ、毎日のように家の近くの丘に登り、大きい岩の上に腹ばいになって海を見たものだ。対岸の高松の町並みが遠くにかすみ、おだやかな瀬戸内海の上を大小の船がゆっくりと行きかっているのが見えた。当時は何とも思わなかったが、いま思いかえすとそれが至福のときだった。あのころには二度と戻れない。

しかし、どうして二度と戻れないと思うのだろうか。同じ幸福が味わいたければ、いまからでも池袋から電車に乗って宇野に行き、同じ岩に腹ばいになればよさそうなものだ。それで足りなければ、小学校にもう一度入学してもいいではないか。

だが何をしても昔の幸福は絶対によみがえりはしないだろう。何か貴重なものが決定的に失われたという気がするのだ。では何が失われたのだろうか。奇妙なことに、いくら考えても失ったものは見当たらない。

そのころより何もかも増えていて、失われたものは何もないとしか思えないのだ。身長、体重、腕力、貯金、知識、想像力、感性、病気、シワの数、欲望、欲望充足の手段など、どれをとっても当時よりはるかに多くを手にしているのだ。

純真さが失われたのかとも思えるが、しかし子どものときも悪いことを考えていたのだ。嘘もついたし、小ずるく立ち回って自分の利益をはかったりもした。

感動が失われたわけでもない。最近、感動することが少なくなったが、小学生のころは感動することはさらに稀だった。第一、海を見て感動していたわけではない。ただぼんやり見ていただけである。もし感動していたら、思い出すのも恥ずかしくて、幸福な思い出にはならなかっただろう。

結局、生活があまりにも複雑になりすぎたのだと思う。どこでどう間違ったのか、気がついてみるといつの間にか無数の義務にしばられ、大量の欲望に振りまわされ、多数の敵と少数の味方にこづきまわされている。なぜか大人になるとだれでも同様の生活を強いられるのだ。

定年になって、この複雑多忙な生活から解放されるのが待ち遠しい。定年になったら、海辺の公園のベンチでのんびり海を見ながら、しみじみ昔を振りかえるのだ。そして、こづきまわされ、振りまわされていたころの幸福は二度と戻ってこない、とため息をつくだろう。

なぜ若いころは楽しいのか

大学入学後の二年間を駒場寮で過ごしたが、寮の生活は天国のように楽しかった。その寮の仲間数人と先日、数十年ぶりに会った。会ってみると、みんな成長しないまま外見だけ老けるという最悪のパターンをたどっていた。こういう連中とどうして楽しく暮らせたのか理解に苦しむ。

思い出を語っているうちに、なぜ楽しかったのか分かってきた。現在では考えられないほど生活がのびのびしていたのだ。寮の規則はあるにはあったが、「土足厳禁」という張り紙を寮委員が下駄をはいたまま廊下に貼る程度の厳しさだった。

わたしは六人部屋を二部屋占めるサークルに所属していたが、そこは和気あいあい、争いは皆無だった。第一、うるさいことを言う者がいなかった。ずっと口をきかないでいようが、机の上を散らかそうが、何日も風呂に入らないでいようが、麻雀に明け暮れようが、勉強しようが、だれ一人として非難したり注意したり教え導こうとする者はいなかった。無干渉主義だったからではない。人間はこうでなくてはならないという考えをもつ者がおらず、お互いを「こんなものか」と自然現象のようにそのまま受け入れていたのだ。

他人に迷惑をかける者は皆無だったが、これは全員が気をつかっていたからではなく、何をしても迷惑がる者がいなかったためである。

廊下を歩きながらいつも大声で下手な歌を歌う者、夜昼かまわずギターやアコーディオンを弾く者、一日中ラジオをつけっぱなしにする者はいたが、うるさがる者は一人もいなかった。毎晩のように枕元で徹夜麻雀して騒いでいても、気にもとめずに寝ていた（試験前日でも試験中でも関係なかった）。麻雀する方も、麻雀する場所が洗面所やトイレでも平気だった。

寮にはいろいろな人間が暮らしており、試験前日に眠っている先輩を起こしてトランプの相手をさせ、自分が誘われるとニベもなく断る者もいた（わたしである）が、文句一つ言う者はいなかった。アルミの洗面器の上に載せた巨大な目覚まし時計が大音量で鳴り、その部屋の者と向かいの部屋の者が全員目を覚ましたのに、セットした本人（わたしである）だけ、ゼンマイがほどけきっても目を覚まさなかったこともあったが、笑いはしても苦情を言う者はいなかった。ジャズ好きでもない者にウクレレを（ウクレレが最も安価な和音楽器だった）買わせ、延々とアドリブの伴奏をさせる者がいても（わたしである）、文句は一つも出なかった。

二年間の寮生活で注意されたのは一度だけだ。二階や三階の部屋の者は、よく窓から放尿していたが（「寮雨」という）、一度だけ、一階の者が苦情を言いに来た。そのときでさえ、苦情を言った者が帰ると、「なんて神経質なやつなんだ」とみんなで非難し、翌日には寮雨を再開した。

当時は何でも平然と受け入れる神経の太さがあった。これこそが、楽しく暮らせた理由である。

たぶん、若いころは自分の利害に無頓着なのだ。安眠や勉強を邪魔されようが、成績がどうなろうが、他人に利用されようが、平気でいられるのだ。極貧の国でも子どもは楽しそうにしているし、頭をなでると怒る犬も、子犬のころは何をされても無邪気に喜ぶものだ。子どもは靴を左右逆に履いても気にしない。これほど無頓着だから他人にも寛容なのだ。ガミガミ言う子どもも怒りっぽい子犬もいないのはこのためだ。

人間も犬も年とともに心が狭くなる。利害にこだわり、用心深く気むずかしくなっていく。

昔の寮仲間との会食が終わり、帰ろうとすると、食事代を出せと言われた。心の狭い人間になったものだ。

教養の教え方

人は人生の中で何度か大きい変化を経験する。小中高への入学、就職、結婚などだ。そのたびに同じ教訓「真面目にやれ」「今以上にがんばらないと許されない」を学ぶ。

わたしが大学で学んだのは逆だった。専門課程に入ると、まず授業時間数が驚きだった。多くの授業が五月の連休明け開始、夏休みや冬休みの前後一、二週間は休講で、授業があるのは実質的に一年に五ヶ月ほどだった。学校の中で授業は何より重要なものだと思い込んでいたわたしは、それ以来、授業を重要視することができなくなった（今の大学は、決められた授業時間数を厳守する制度になっており、学生の価値観を動揺させないようにしている）。

ある人に聞いた話では、昔、お茶大のある人気教授は、授業終了の五分前に現れて授業を始め、場所を喫茶店に移して延々と話を続けることがあったという。その教授はある優秀な学生を遠ざけていたが、その学生が大事なシンポジウムの司会の仕事を忘れてすっぽかしたのを見て、見所があるとしてかわいがったというからどこまでも型破りだ。

わたしが教わったラテン語の先生は、ラテン語の詩を原語で朗々と読み上げ、「はぁ〜、すばらしい！」と感嘆し、説明を一切しないまま朗読を続けた。ラテン語の勉強にはならなかったが、こんなものに感動する人生もあることに驚いた。別の教授は、哲学書の翻訳を出したところ、非常に目立つ誤訳があることを指摘されたと言い、「そんなことはどっちでもいいことだけど」とつぶやいた。学問的に大きい傷になるはずなのに、深刻な様子を見せないのが驚きだった。

こういう大学での経験のおかげで、何事についても「これが絶対」ということはなく、いま自分がもっている価値観が多くの中の一つにすぎないと思えるようになった。そしてどんなに真剣になっても「これは大したことではない」とどこかで考えるようになった。

どんな苦しい状況に置かれても「大したことではない」という見方をいつでも取ることができるという資質は貴重ではなかろうか。この資質は苦難を笑い飛ばすユーモア精神と通じるところがある。そしてさらに「教養」にも通じているとわたしは思う。

わたしの独断では、教養は知識ではない（シェイクスピアやプラトンの全作品を暗記するなど、どんなに知識を増やしても、クイズ番組で自慢できるだけだ）。むしろ教養は、ものの見方に関わる。ものの見方がどれだけ幅広いか、どれだけ自由か、どれだけ多様な状況に対応できるか、どれだけ自分を相対化できるか、それを決めるのが教養ではないかと思うのだ。

教養の主な中身は歴史、文学、哲学などの人文系の学問だとされている。歴史を学べば、自分が置かれている状況が、人間が経験してきた状況の中の一つにすぎないこと、自分がしがみついている価値観が特殊なものにすぎないことを知ることになる。文学を学んで、人間が置かれる状況や行動や価値観の可能性を知れば、今の状況や自分の価値観が特別ではないことが分かる。哲学を学べば、自分の愚かさを思い知らされる。当然、自分の学習や研究についても「大したことではない」と考えることができるようになるはずだ。どんなに苦労して得た知識でも、平気で忘れることができなくてはいけないのだ。

これが「教養」の正体ではなかろうか。欧米で教養が尊重されるのは、ものの見方が幅広く柔軟で、どんな状況にも対応できる人間を尊敬するからだと思う。

わたしはこれを大学で口を酸っぱくして教えたが、学生には、わたしが「大したことのない」人間だと思われただけだった。ここに大学教育の難しさがある。

最悪の事態

教え子が、論文を提出したが大きい間違いをしているのではないか心配で一睡もできないと訴えた。そこで助言した。

「一睡ぐらいはしているはずだ。授業中あれだけ眠っていたんだから」

「でも想像上は一睡もしていません」

「そんな想像をして面白いか？　何を書いたのか知らないが、どうせ内容は大間違いに決まっている。〈失敗かもしれない〉と疑うのをやめて〈失敗だった〉と断定し、雪辱を期して次の論文の準備をすることだ。どうせそれも失敗するだろうからまた雪辱を期……」

「もう結構ですっ！」

わずかでも期待を抱くと、悪い結果が出るかもしれないと怯えるようになる。だが、一切の希望を捨て、最悪の事態を確信して覚悟を固めてしまえば、何が起こっても動揺しない。そうすれば胆力は養われ、他人にも過剰な期待を抱かないから慈愛の心が育まれ、人生観は広く深くなる。

だから何事も早めに希望を断つのがよい。咳が出れば肺がんだと確信し、毛髪が二本抜けたらハゲることを覚悟し、宝くじや馬券を買ったら、直後に負けたとあきらめて破り捨て、映画を三十秒見たらつまらない映画だと断定して映画館を出るぐらい最悪の事態を覚悟すれば安心だ。

ただ、問題がある。何が最悪かが分かりにくいのだ。たとえば「最悪の場合、三年もたないかもしれない」と思って結婚すると、実際には三十年以上苦しみが続き、「この女は従順ではないかもしれない」と思っていたら自分が従順だったなど、想定が甘くなりやすい。

ある駅で新幹線に乗り換えたときもそうだ。最悪の場合に備えて在来線からの乗り換え時間を三十分とっていたが、在来線で乗り間違え、駅に着くとあと五分しかない。最悪の場合、急ぎ足でないと新幹線に乗り遅れる。やがて乗り換え通路が異常に長いことが判明し、最悪でも全速力で五分間走らないと間に合わない、と想定を訂正する。いざ走ると、全速力で五分間走り続ける体力がないことが分かり、途中から歩いてしまい、結局新幹線に乗り遅れた。それでも息切れがおさまらない。最悪の事態を「心臓停止」に切り替え、念のためにAEDの前で息を整えた。

だれが電車の乗り換えの最悪の事態として心臓マヒを想定できるだろうか。

想定の難しさを示すジョークを挙げてみよう。
①「最悪だ。サムが昨日早めに帰宅したら、奥さんが他の男とベッドにいた。それで二人を銃殺したんだ」
「ほ、ほんとか……でも最悪じゃなくてよかった」

「なぜだ？　これより悪いことが起こるか？」

「サムが早く帰宅したのがその前の日だったら、おれが死んでいた」
②神父が病気だと嘘をついてミサをサボり、ゴルフに出かけた。聖ペテロが神に「あの嘘つきを罰してください」と注進すると、神は「最悪の罰を下そう」と答えた。すると神父は難コースをホールインワンした。「罰を与えないんですか？」と聖ペテロが聞くと「あいつはだれにも自慢できない」と神が答えた。
③アシモフ夫妻が世界一周の客船に乗るとき、最悪の事態が起こりそうな強い予感がしたので、乗船をとりやめた。予感は的中し、その後夫妻は、乗客全員が最高のときを過ごしたことを知った（最悪の事態が、最高の旅を逃したことだとだれが想定できるだろうか）。
いま妻は外出中だ。たぶん妻は「最悪の場合、ドラ焼きを一個食べられる」と覚悟しているだろうが、大間違いだ。実はドラ焼き全部と羊羹《ようかん》とスイカを平らげたのだ。思わずほくそ笑む。その直後、それよりヒドい事態がわたしの身に起きる光景が心に浮かび、妻の帰宅前に家を出た。

幸福は除外に宿る

日本の若者の自己肯定感は世界最低レベルだという。

これは必ずしも悪いことではない。自分勝手な人間が「自分はこれでいいんだ」と自信をもったら（自分勝手な連中がこういう自信をもちやすい）、周囲はたまったものではない。どんな人間も不完全だ。だから「これでいい」と自信をもてるはずがない。

若者が「これでいい」と自分を肯定したら、まず自信過剰だと思って間違いない。歳をとって「自分はこれでいい」と自分を肯定したら、成長していないと思って間違いない。わたしの妻がこれ以上自信をもったら、わたしの寿命は大きく縮むと思って間違いない。

わたし自身は自信過剰ではない。それどころか、万事に自信がない。それでも自分を否定することはない。わざわざ自分で否定しなくても、ことあるごとにまわりから否定されている。

冷静に見れば、わたしは多くの点で不健康だが、それを除けば健康そのものだ。さまざまな衰えも目立つが、それを除けば若者と変わらない。

性格的には、嘘をついたり、仕事をサボろうとするが、それを除けば至って誠実で勤勉だ。

わたしの妻は、他人からの評価を除けば、絶世の美女である（と本人が主張している）だけでなく、起きているときを除けば温和でやさしい。その上、粗暴だから三拍子そろっている。わたしにはもったいなくて日夜苦しんでいるほどだ。

このように、「除けば」を駆使すれば、自信過剰に陥らず、自分を否定しなくてもすむ。だが、こういう表現はインチキだと思う人もいるだろう。「背が低いのを除けば長身だ」「今日は雨が降っているのを除けば晴れている」などの例を見れば、明らかにインチキだ。たしかにその通り、インチキだが、それを除けば何ら問題ない。

それだけではない。泥水は泥を除けば浄水だし、水は水素を除けば酸素だ。それを指摘してどこがインチキになるのか。わたしから病気の部分を除けば、残っているのは健康の部分だ。健康な部分があるという証拠に、爪も髪もヒゲもちゃんと伸びるし、風呂に入らないと身体や頭がかゆくなる。フケ、アカ、爪、髪、内臓脂肪などを生産する機能は、健康に働いている。

わたしには不健康な部分も健康な部分もある。その事実をありのままに述べているのだ。インチキ呼ばわりされるいわれはない。

百歩譲ってインチキだとしても、インチキのどこが悪いのだろうか。だれかの迷惑になるのか。カメレオンが生き延びるために、周囲に溶け込むよう身体の色を変えるのを「インチキだ」と言えるのか。

だれにも不都合な部分がある。「病気」などだ。その邪魔な部分を除外すればいい。除外しても無視するわけではない。重点が変わるだけだ。除外したことを明記しておけば、嘘にも隠蔽にもならない。例を示そう。

金はうなるほどある。日銀の金庫に。手元には大金も金庫もないが、悩みや心配事なら売るほどある。

豪邸の窓から絶景を見ながら三十畳の居間でくつろいでいる。どこかの大富豪が。わたしのいるところには、絶景もくつろぎもないが、泥棒に財産を取られる心配もない。ついでに言えば小遣いも人望もない。

原稿を書いていると、自分でも驚くほどの名文がスラスラと泉のように湧いてくる。大作家は。

数年前に比べ、レベルが上がり、人気も急上昇、世界から注目を集めている。タイサッカーは。

前から警告している通り、人間はさほど賢くない。

世界でも家庭でも争いを根絶できないし、高い品性の人間を育てる方法も、景気を上げる方法も、腹いっぱい食べつつやせる方法も分からないままだ。

わたし自身、自分の愚かさをさらして人間の愚かさを伝えてきた。

それにもかかわらず、古来、人間は最も知能の高い動物とされている。だが最近、その輝かしい地位は脅かされつつある。

第一に、動物ブームが到来して、犬やネコの賢さが話題にされるようになった。だが動物は脅威ではない。

犬は新聞を取ってくることはできるが、わたしの妻もそれくらいのことはできる。しかも、新聞を取ってくるのを断る能力が妻にはあるが、犬にはない（犬の方が感じがいいのはそのためだ）。ネコには断る能力がある。だが、妻は男に対して過大な要求をする能力があるが、ネコにはない。女は男に容姿、勇気、やさしさ、経済力、勤勉さなどを、他人事だと思って遠慮なく要求するが、ネコは要求しない（ネコの方が可愛いのはそのためだ）。

真の脅威は人工知能である。人工知能は近年急速に発達し、囲碁や将棋では人間を凌駕《りょうが》するまでになっており、近いうちにほとんどの領域で人間を超えるだろう。エッセイも簡単に書くようになり、わたしの文章は一番に鼻で笑われるだろう。

　こうなったら人間は得意分野、すなわち愚かさで勝負するしかない。アインシュタインも「無限なものは二つしかない。一つは宇宙、もう一つは人間の愚かさだ。前者が無限だということには確信がない」と言ったように、人間がどこまで愚かなのか、計り知れない。ちょうど正しい答えは一つしかないが誤答は無数にあるのと同じである。

　たとえばわたしと学生が交わしたような会話が人工知能にできるだろうか。

「君の出身はどこ？」

「北海道です」

「偶然だ！　わたしは岡山だ。しかも玉野市だ。しかも宇野で塩田の……」

「待って下さい。どこが偶然なんですか。偶然でも何でもないでしょう？」

「偶然じゃないか。じゃあ必然か？」

「必然じゃなければ偶然なんですか？　偶然と言われるのは、因果関係がないのに因果関係があるかのように見える場合です。〈元カレに偶然会った〉と言えるのは、あたかも待ち合わせしたかのような結果になっているからです」

「君の言うことを聞いてると、まるで賢い学者みたいだな」

「アリストテレスが言ったことです。先生の授業で教わりました。だから正しいかどうかは疑問です」

「そんなにアリストテレスが信じられないか？」

「アリストテレスの説だとおっしゃった先生のことばを疑っているんです」

「君はまるで賢い学者みたいだ。賢い学者と違う点は、ただ一つ、賢い学者ではないことだ」

「わたしは教わる立場だから賢い学者でなくてもかまいません。可愛いというだけがとりえの学生でいいんです」

「無茶な高望みはやめなさい。わたしの場合は、バカにされてもいい。尊敬さえしてもらえればいい」

「それならお教えしますが、わたしたちみんな先生を尊敬していますよ」

「えっ、本当か！」

「嘘ですけど……あらっ、嘘じゃいけなかったんですか？　尊敬さえされれば嘘でもいいと考えていらっしゃると思ってました」

　このようなくだらない会話が人工知能にできるだろうか。できる、と言われるだろう。そのときこそ人工知能をバカにするチャンスだ。

「君の愚かさには負けたよ」

異星人の報告

第三十七星雲土下座金美館通り宇宙管理局宛、「ンアッエ#パォ%πギェオッウ$&¥」(発音不可能なため、近似的表記である)が発信した報告が傍受された。以下はその翻訳である。

わたしは地球人に扮して五年間滞在していますが、地球人がまだ理解できていません。彼らの行動原理の一つはプライドです。プライドを説明するのは難しいのですが、何の理由もなく自分を価値があるものと思い込むことです。自慢することもないのにドヤ顔をしているようなものだとお考え下さい。

赤ん坊でも軽んじたりバカにすると怒ります。無価値なのに価値があると思い込むため、自分は実際より利口、おとなしい、悪い、有能、美人、大人物、子どもっぽいなどと無理に思い込み、他人にも思い込ませようとします。

何のためにこう思い込むのか分かりませんが、実際には害の方が多く、男は自分が強い、太っ腹だ、勇敢だ、と思い込んでいるため、危険な仕事、汚い仕事、つらい仕事を女からあてがわれても文句を言えません。すべての人にとってプライドは実際以上に見せようとして自分の首を絞めており、苦しみの原因になっています。

男にフラれて落ち込んでいる女に「あんたは自分で思っているほど魅力がないし、能力もないよ。それを認めればラクになる」と忠告すると激怒したので、「それにあんな男、格好つけているだけの最低男だ」と言うと激しくビンタされました。自分で「あんな男、最低！」と言っていたのに不可解きわまりません。

そもそも彼らの行動が一貫しているのかどうかも疑問です。ほとんどの人は、禁煙、ダイエット、脱ギャンブルなどを決意しては断念し、一生の愛を誓って結婚しては離婚しています。わたしは一貫していなくてもいいのかと思い、「一ヶ月後に必ず返す」と言って借金しまくったところ、返済日に「返すと言ったじゃないか」と責められました。そこで人間が一貫していない事例を挙げて反論すると、数発殴られた末、マグロ船に半年間乗せられました。

地球人の一貫性の不可解さ、闇金のコワさ、マグロ船の過酷さを痛感しました。

それと関係するのが所有の概念です。彼らにとってはとても重要で、ことばもしゃべれないうちから所有欲は旺盛です。所有をめぐって戦争をはじめさまざまな争いが起こっています。事物を所有するだけでなく、夫、妻、子どもをもつ、魅力をもつ、能力をもつ、強運をもつなど、ほとんどの物が所有の対象になります。月や火星の土地も所有の対象として売買されているので、われわれの星も所有され、遠い将来、地代を取られるかもしれません。

しかも所有者と所有される物は異なるのに、「わたしは手足と内臓と脳をもち、心ももっている」などと言うのです。それなら、心や身体を所有している「わたし」はどこにいるのでしょうか。色んな人にたずねると、「お前は哲学者か」と言われ、それ以来変人扱いされています。昔、地球に派遣されたソクラテスがこの問題を提起し、最終的に死刑にされたことが思い出されました。

所有は謎です。「お金をもつ」はお金を握りしめるとか、食べ物のように消化吸収して自分の身体に同化しているという意味ではありません。それを身をもって知ったのは突然逮捕されたときです。他人が銀行に所有している高額のお金をわたしが盗んだというのです。わたしはただ、インターネットで数字を書き換えただけですが、高額だったため問答無用で刑務所に入れられ、現在服役中です。出所したら呼び戻してくださるようお願いします。

V
ツチヤ師、かく語りき

ツチヤ師、生き甲斐を語る

稀代の聖人ツチヤ師がふくらんだスーパーのレジ袋を両手にもって一人で歩いておられた。買い物をされるのも一人でおられるのも珍しいことである。声をおかけすると、ホッとしたご様子で公園のベンチにお座りになり、お金を渡され、コンビニでソフトクリームを買ってくるようお頼みになった。ソフトクリームを手にすると師は上機嫌になられ、何でも質問するようにとおっしゃった。これほどありがたいことがあろうか。幸せをかみしめながら積年の疑問をおたずねした。

「もうすぐ定年です。定年後は何を生き甲斐に生きていけばいいのでしょうか」

師はソフトクリームをかかげておっしゃった。

「見よ」

わたしが不可解な顔をしていると、おっしゃった。

「おいしいではないか。ソフトクリームを食べるのに〈食べ甲斐〉が必要であろうか」

底知れぬ深い英知に呆然としていると、師はおたずねになった。

「世の者たちは何を生き甲斐にしているのか」

「趣味とか仕事とか子育てを生き甲斐にしている人が多いかと思います」

「生きているからこそ趣味も仕事も子育てもできるのである。趣味などがなければ生きていられないと言うのは本末転倒である。書斎がないから家がいらない、指が器用に動かないから腕全体がいらないと言うのに等しい」

深い感銘がおさまるのを待ち、やっと質問した。

「〈苦労した甲斐〉とか〈教えた甲斐〉という言い方をしますから、生き甲斐というのも、生きている成果を求めているのではないでしょうか」

「成果を挙げるために生きているのか？　食べたり眠ったりするのは成果をあげるためにやっているのか」

「疲れをとるために眠る人もいますが……」

「眠ってかえって疲れることもある。わたしは朝起きるとたいてい寝る前より疲れているのである。それほど成果を求めるなら、頭が一個あることになぜ成果を求めないのか。呼吸したり、爪が伸びることになぜ成果を求めないのか」

胸をえぐるような鋭いご指摘である。自分の愚かさを反省していると、師はおっしゃった。

「生きることに成果や見返りが必要なのか。特典や見返りがないと生きられないのか。生きること以上の特典があるだろうか。満足感や健康や愛や金を得ても、生きていなければすべて無益である。むしろ、命が危なくなれば、そういうものをすべて投げうってでも生きていたいと思うのではないか？　もてる物をすべて犠牲にしてでも九死に一生を得ることができれば、それだけで大喜びするのではないか？　生きること自体が最大の褒美ではないのか。

その最大の褒美に特典を求めるのは、褒美に褒美がついていないとイヤだというに等しい」

ありがたいおことばに感激で胸がいっぱいである。これほど惜しみなく語られるツチヤ師を見たことがない。会心の話しぶりに満足されたのか、笑顔を浮かべておっしゃった。

「わたしは〈甲斐〉がキライだ。努力や苦労が無駄に終わってもいいではないか。何にでも見返りを求める根性は恥じるべきである。妻は恥じよ。わたしに〈年甲斐もなくお化けを怖がるな〉と言う。買い物に行けと言われてイヤがれば〈年甲斐もなくダダをこねるんじゃない！〉と怒る。〈あなたは甲斐性がない〉と責める。これらは恥ずべきことである」

こうおっしゃると、帰りが遅くなったのにお気づきになり、急いで立ち去られた。そのときベンチの角にレジ袋が当たり、中の卵が数個割れる音が聞こえた。

挫折続きなんです――ツチヤ師言行録

中年男が苦悩の表情でツチヤ師に「挫折続きで失意のどん底です」と言うと、師は「野に咲く百合《ゆり》、空飛ぶ鳥」とだけおっしゃった。

深遠なおことばに一同が感銘を受け、含蓄を噛みしめていると、師は目を白黒させて水を急いで飲まれた。食べていたギョーザが喉につまったのである。

しばらくして落ち着かれると、再び口を開かれ、さきほどのおことばに続きがあることを一同は知った。

「百合も鳥も挫折しない。たとえ挫折したとしてもわれわれには分からない。天も大地も挫折しない。わたしの家の洗濯機も故障はするが、挫折はしない。なぜか。かれらは目標を立てないからである。目標を立てる者だけが挫折する。そして目標を立てると必ず挫折する。わたしが何十万回となく実証してきた通りである」

英知のおことばに一同感銘を受けた。中年男が「目標を立てないようにいたします」と言うと、ツチヤ師は「違う。挫折は人間の特権である。〈ざせつしないとせいちょうしないよ〉と少年雑誌にも書いてあった。挫折するためにも目標は立てなければならない」とたしなめられた。師の尋常でない奥深さに一同感じ入った。余韻さめやらぬうちにツチヤ師は言われた。

「どんな目標を立てても挫折できる。遠大な目標を立てれば挫折する。天候を変える、妻の性格を変える、これらは何百年かけても達成できない。だが、控え目な目標を立てても挫折する。歩くとき、足を出すたびに〈次は右足を出そう〉という目標を立てると、うまく歩けなくなる。疑う者はやってみよ」

師のおことばは実践に裏づけられているのである。一人が「わたしは充実した夏休みを過ごす目標を立てて挫折しました。成長したのでしょうか」とおそるおそるたずねると、師は白いシャツにこぼれたコーヒーを手で拭き、結果的にシミを広げながら言われた（ファミリーレストランでギョーザとコーヒーを召し上がっておられたのである）。

「目標を達成する執念がないと成長しない」

一同が不審な顔をしているのを見て師は言われた。

「どうしても目標を達成したければ一念《いちねん》岩をも通すものだ。充実した夏休みにしようという執念が強ければ、夏休みをどう過ごしても、充実しているんだと言い聞かせるようになる。これを続ければ、最後には何にでも満足する人間になれる」

一同が感嘆の声を上げているのを制して言われた。

「新入生は後悔しない大学生活を送ろうとする。ぜがひでも後悔すまいという目標を達成しようとすれば、後悔するのを避けようとして、過去をふり返らなくなる」

一人が「そのように無反省なことでいいのでしょうか」と聞くと、師は「中年女を見よ。

あのようにたくましく生きたくないか」と言われ、さらに続けられた。

「〈モテまくる男になる〉のような目標の場合、目標に達する方法が不明である。それでも努力すれば、最後には、生まれ変わろうという目標を立てることになる。疑う者はやってみよ。だが生まれ変わる方法も不明である。また、禁煙やダイエットの目標も、達成する方法が明らかでない。〈がまんすればいい〉と言う者がいるが、がまんする方法も不明である。こうして追究していくと、結局あらゆることは人間の力ではどうすることもできないというあきらめの境地に到達する。これは深い人生観である」

このことばを最後に立ち上がり、付け加えられた。

「ただし邪悪な目標は立ててはいけない。〈夫の行動を正しい方向に導く〉などの目標は他人に迷惑をかけないと達成できないのである」

この後、師は「実に迷惑だ」とつぶやき、憤激のあまり勘定を払うのをお忘れになったまま立ち去られた。

ツチヤ師のアドバイス

ツチヤ師を囲む一団の中から、見ばえのしない若者が「聞いてください」と言って進み出たとき、一同の間に動揺が広がった。卑しい男が声をかけるには、ツチヤ師は気高すぎる。だれもがそう思ったが、師は気を悪くされた様子もなくおっしゃった。

「言ってみなさい」

男は恐縮して口ごもりながら言った。

「わたしは出版社の社員で、週刊文春の〈ツチヤの口車〉欄を担当しております」

見るからにさえない男にピッタリの仕事だ。一同がこう思って納得していると、師がおっしゃった。

「あのコラムを書いている者は不幸な生活を送っているようだが精神性は高い」

このおことばに一同は恥じ入り、男を見る目が変わった。わずかだったが。

「恐れ入ります。わたしが失恋して休みをとっていたとき、会社から電話がかかってきました。休み中にかかってくるのだから緊急の用件だと思いました。重大なミスがあったのかもしれなかったからです。ミスなら思い当たるフシはいっぱいあるものですから。でも結局、緊急事態ではなく、どこにいるかと聞かれ、山中湖にいると答えました。何をしているのかと聞かれたので、絵を描いていると答えました。休みが明けて出社すると、わたしがフラれては絵を描く画伯だという噂が社内に広がっていました。それだけじゃないんです」

一同は身を乗り出した。不幸な男にさらにどんな不幸が訪れたか、他人事だけに興味津々《しんしん》なのである。もし話がこの先、女と仲直りしたという展開になったら許さないぞという雰囲気である。男は続けた。

「上司が中心になって話を広げ、〈ガハクはフラれるたびに絵を描きに行く〉〈ガハクの絵は次第に大きくなっている〉〈すぐに超大作になる〉〈富士五湖が終わったら摩周湖あたりだろう〉〈バイカル湖じゃないか〉などと言うのです。その上、月刊誌の最後のページにわたしの実名を出して失恋のことをからかいました。社員の苦しみを上司が先頭に立って笑いものにするのです。しかも」

いよいよこれから本格的な不幸が語られるのだ。全員の胸は期待にふくらんだ。

「上司が言うんです。〈わたしが自分よりルックスの劣る男を採用する方針だったから、君は面接室に入るだけで合格したんだ〉とまで言うのです。その上司は貧相で品がないルックスなんです。失恋した男にこのことばです。ひどすぎないでしょうか」

ルックスなら見れば分かる。もっと悲惨な結末を期待していた一同は期待はずれのため息をもらした。だがツチヤ師はさすが尊敬を集めるお方である。超人的な努力で失望をお隠しになって、おっしゃった。

「ではどうしてほしいのか。はれ物に触るように扱ってほしいのであろうか。それとも気づかないふりをしてほしいのであろうか。それとも〈くよくよするな〉と説教されたいのであろうか。それとも〈女なんて掃いて捨てるほどいるよ〉などと社員全員から慰めてもらいたいのであろうか」

男は神妙になって言った。

「恐れ入りました。たしかに、そうされたくはありません」

師はわずかなことばで男の考えを変えてしまわれるのである。師は続けられた。

「みんなの前で転んだとき、気づかないふりをされても慰められても、いたたまれないであろう。笑ってくれれば救われるのである」

一同が感動していると、師は満足そうに椅子にもたれかかられた。その勢いで椅子が横に傾き、師は床にお転びになった。一同が師のおことばを思い起こし、大笑いすると、師は気を悪くしたご様子で憤然として起き上がられ、逃げるように立ち去られた。

ネコの生活

ツチヤ師（筆者とは別人で、聖人である）が、サケのおにぎりを食べ終えられて、静かにおっしゃった。

「今日のおにぎりはサケが少なかった気がする」

一同がかしこまっていると、貧相な男が師に訴えた。

「わたしの大学では緊張の連続です。冷たい目と厳しい批判にさらされています。針のむしろとまではいかなくても……」

「針のじゅうたん、かな？」

「はっ、まことに的確な表現でございます」

「どんなに苦しい環境に置かれても、何かしら心なごむものがあるのではないか。考えてみよ」

「それが……あっ、ネコです。大学の構内に住みついているんです。ひなたぼっこをしているところを見ると心がなごみます」

「ネコは注意せず、叱らず、指導せず、質問せず、詰問《きつもん》しない」

「その通りでございます。心なごむだけでなく、ネコがうらやましくてなりません。家に帰る必要も本棚を直す必要もありません。エサをくれる人はいっぱいいます。小学生や女子大生にかわいがられています」

「それがうらやましいなら、寝転がってニャーと鳴けばよい」

「そ、そんなことをしたら、追い払われるでしょう」

「追い払われるだけなら幸運である。遠巻きにして消防と保健所と清掃課に連絡されるだけですんだとしても、喜ぶべきである」

「やはりネコとわたしでは姿形が違うからでしょうか」

「考えなさい。ネコに似ていても、トラだったら心なごむであろうか」

こうおっしゃると、師はうなだれて、深い憂いの表情を浮かべ、足で地面をつつかれた。

ご自宅にトラのような者がいるとふだんおっしゃっているのである。重いおことばに一同がそっと見守っていると、師は気持ちをふりきるように、おっしゃった。

「よく考えなさい。あなたは本当にネコになりたいのか」

「はい、ああいう自由気ままな生活にあこがれます」

「見よ。ネコは天涯孤独《てんがいこどく》である。叱る者も注意する者もいないが、教えてくれる者もいない。どんな事態にも本能だけで対処するのである。危険にどう対処したらいいかまったく知らず、何が食べられるかも分からず、貯金も保険もなく、病気になったらどうするかも分からないのである。あなたはそういう生活をしていて堂々としていられるであろうか」

「不安でとても堂々としていられないと思います」

「考えなさい。独力で自分の生き方を決められるであろうか。一人だけスキンヘッドにセーラー服という姿をしていられるだろうか」

「とてもそんなことはできません」

「独力で生きるとはそういうことだ。また、まわりの人間がすべてアルマジロのような姿をしていたら不安にならないであろうか。あるいは嗅覚をもっているのが自分一人だったらどうだろうか」

「死ぬほど悩むでしょう」

「同程度の病気でも、多くの人がかかる病気のときと、自分一人だけがかかる病気では、不安の度合いが違うのではないか？」

「違います」

「そういうことをまったく気にとめないでいられるだろうか。寒くて凍える思いをする夜を迎えるときも体調が悪いときも、悠々としていられるだろうか。こういう状態に置かれて、ゆったりひなたぼっこを楽しめるであろうか」

「おそれいりました」

「ネコにははるかに及ばないことを知りなさい」

師の英知に一同、感銘のあまりことばを失っていると、師の携帯が鳴った。ご夫人に携帯をもたされていらっしゃるのである。

師から威厳の雰囲気が消え、お顔に憂慮が戻った。師は深遠なおことばを残して、急いで立ち去られた。

「豚肉と大根を買って帰らねば。ネコといえども、トラと一緒に暮らしたら堂々とはしていられないであろう」

ツチヤ師はどんな人か

わたしのエッセイにはツチヤ師が登場するが、聖人だという以外説明がないのを不満に思った学生が質問した。

「ツチヤ師って、本当にいるんですか？」

「いるよ。君と同程度に実在している」

「聖人って言うんだから宗教家なんですか？」

「君と同程度に無宗教だ」

「どんな人なんですか？」

「六十代か七十代の男で、見た目は君と同程度にさえない」

「それで聖人なんですか？　わたしと同程度の？」

「君と同程度なら、聖人じゃないだろう。史上、類を見ない聖人なんだ。ふつう崇拝される人は、能力や財産や権力があるとか、美人であるとか、頭がいいとか、人格者だとか、他よりすぐれている人だ。でもツチヤ師はすぐれた点が何一つない。キリストのように神の子でもなく、釈迦のように悟りを開いてもいない。それなのに崇拝されている。すごい人だろう？」

「すごいって、どうすごいんだか……空中に浮いたりするんですか？」

「できるわけがないだろう。ふつうより転ぶぐらいだ」

「壺でも売るんですか？」

「宗教にもビジネスにも無縁だ。ダマされて買うぐらいがオチだ」

「悩み相談をしているんですか？」

「ふつうはのらない。言動だけで感銘を与えるんだ」

「ツチヤ師はどんな人とつき合ってるんですか？」

「友人はいない。師を崇拝するかバカにするかどちらかなんだ。バカにする者は師と友人にはなりたがらず、崇拝する者は師をとても友人扱いにはできない」

「そもそもどうして崇拝されてるんですか？」

「だれともなく感銘を受けて、〈すごい人だ〉という噂が広まった」

「どこに感銘を受けたんですか？」

「すべてだよ。言動の一つ一つが感銘を与えるんだ。ふつうの人がみすぼらしい老人に感銘を受けるのは難しい。わたしと同程度に心が澄んでいないと感銘することはできない」

「疑わないんですか？　ただのジイサンじゃないかって。先生と同程度の」

「疑って疑った末の崇拝なんだ。能力があるってそんなに崇拝すべきことなのか、美人だからといってひざまずいていていいのか。すべてを根本から疑って何者も崇拝に値しないと思った末に師を見ると、とてつもなく深いんだ。ツチヤ師は失言もすれば動作もぎこちない。

落ち着きもない。ミスもあれば失敗もする。何一つ見るべきところはない。だが、見る者が見れば底知れぬ深さをもっているのだ。古池に飛び込む蛙の音はありふれたものだが、一定のレベルに達した者が見れば深いんだ。それと同じだ」

「えっ、蛙と同程度の人なんですか？」

「無礼者っ！　君には古池と同程度の知能しかないのかっ」

「古池ってそんなに頭がいいんですか。ツチヤ師の知能はどうなんですか？」

「たいしたことはない」

「じゃあ先生と同程度ですね。ツチヤ師のふだんのご機嫌はどうなんですか？」

「たいてい沈んでいる。とくに携帯に奥様から電話がかかったり、食べかけのソフトクリームを地面に落としたりすると、いつまでも沈んでおられる」

「よく公園にいますけど、なぜ公園にいるんですか」

「たぶん家に居づらいんだ。公園のほかには、使える金の関係で、安い喫茶店ぐらいしか居場所がない」

「家族はどうなんですか」

「奥様は高圧的らしいが、家のことをうかがうと沈みこまれるからとても聞けない」

「結局、先生と同じじゃないですか。そんなやつバカにしてやればいいんですよ」

道理でこの学生がわたしを崇拝できないはずだ。聖人が出現しにくい世の中になったものだ。

本来の使い方

久しぶりに晴れ上がった秋の午後、公園のベンチにツチヤ師（筆者とは別人の希代の聖人）がしょぼんと座っておられるお姿が見られた。天気とは対照的に師のお顔は曇っている。おそらく、奥様に叱られたか、まもなく奥様に叱られるかであろう。

やがて崇拝者たちが集まると、師は突然立ち上がられ、人差し指を立てて腕を上げ、叫ばれた。

「見よ！」

どこで覚えられたか、最近とられるポーズである。だが指さされた青空を見た者がかなりいたので、師はあわてて指を曲げて自分を指してから、おっしゃった。

「『こんなに晴れた日に家の中でゴロゴロするな』と言うタワケ者がいる。晴れた日をゴロゴロするために使って何が悪い。与えられた物をどう使おうと、どんなものとして扱おうと、どんな目的のために使おうと自由である。現に、辞書を枕として使い、ツチヤ本を鍋敷きとして使い、観光旅行を麻雀旅行として使っているではないか」

しょんぼりした表情は消え、声は熱を帯びている。

「また、タワケ者は言う。『貧乏ゆすりするのをやめろ。足は貧乏ゆすりするためにあるのではない』と。だが、足を貧乏ゆすりの道具として使って何が悪い。そもそも『本来の使い方』というものがどこにあるのであろうか。テーブルを食卓として使おうが、仕事机として使おうが、完全に自由である。一方だけが本来の使い方だと決める権利はだれにもない。どのような物として使うかを勝手に決められるところに人間の自由の本質がある」

夫婦の口論が哲学的思索に発展するという驚きの展開に一同、息を呑む中、師は続けられた。

「哲学者の中には、人間の理性は崇高なことを考える能力だと主張する者もいる。だが下劣なことを考える能力として理性を使って何が悪い。また自然物も同様に、太陽を照明道具や時計として使い、風を発電のために使い、水を飲んだり泳いだりするために使う。万事がこうである。あなたたちに問う。変わった使い方をしている例を考えよ」

すると、サラリーマン風の中年男が言った。

「わたしは接待するために麻雀しています。負けるのが目的です」

この発言をきっかけに、次々に発言する者が現れた。異例のことである。

「わたしは糖分を摂取するためにビールを飲んでいます。そう妻に言ったら、それなら砂糖をなめろと一喝されました」

「わたしは人工甘味料を摂取するためにダイエットコーラを毎日飲んでいます」

「わたしは亭主をＡＴＭとして使っています」

「わたしは十歳年下の夫を将来は介護士として使う予定です」

「ぼくはサボる口実を考えるために日夜、頭を使っています」

「ゲームをするために人生を使っています」

「会社はわたしをヒラとして使っています。わたしを社長として使ってもいいのではないでしょうか」

「ぼくはカツカレーをダイエット食として食べていますが、太る一方です」

「わたしは河原の石を拾ってきて、幸運の石として売って……」

「もうよいっ！」

たまりかねたように師がさえぎられた。

「考えよ！　あなたたちは間違っている。わたしは間違っていない。ゆえにあなたたちはわたしのことばを曲解しているはずである」

時計をごらんになるとお顔に絶望の色が浮かんだ。

「家というものは、帰る場所という以外に用途はないのか」

師はこうつぶやかれながら、よろめくように立ち去られた。

ツチヤ師の初詣

初詣の混雑の中から、もみくちゃにされ、ボロ雑巾のようになった老人がはじき飛ばされた。見ると、希代の聖人、ツチヤ師である。すぐに崇拝者が集まった。一人が勇気を出して言った。

「師も神頼みをされるのでしょうか」

「いかにも。なぜ神に頼らない者が多いのか？」

「お参りしても願いがかなわないからです」

「二回や三回効果がなければあきらめるのか。見よ。科学者は何百回失敗しても挑戦し続けるではないか。ただ〈やせるといいな〉と座して願うだけでやせるはずがあろうか。願うだけではカロリーをほとんど消費しないのである。脂肪を腹につけるのに使うカロリーの方が多いくらいである。神社に行って飲まず食わずでお百度参りする方がやせるであろう。初詣でもみくちゃにされてもカロリーはかなり消費する。だから神に頼る方が有利である」

　神に頼るべき理由が実に斬新である。一同、圧倒され、声も出ない。

「さらにインスピレーションはどこから来るか。外なる神から来るとしか思えないのである。ギリシアの先哲パルメニデスの深遠なる書物の冒頭を見よ。〈ムーサの神々の啓示に従って書く〉となっている。おのれの手柄にしないのである」

師はギリシアにも造詣が深い（崇拝者の依存心を戒《いまし》めるためか、ときどきわざと間違ったことをおっしゃるから要注意である）。

「またプラトンも言う。芸術家は神からのメッセージを中継する電話線のような存在にすぎないと。芸術にかぎらず、行為、ことば、考えのどれ一つとして人間が自ら創るものはない。脳科学を見よ。指を動かそうと意図するより先に、指を動かす神経が活動するという。意図より先に指が動き始めるのである」

最新科学にも通じておられることに一同感銘を抑えることができない（これもわざと間違えられることがあるから要注意である）。

「自力でやれることは何一つない。そう思えば負担を感じないですむ。愚かな考えも神のせいにできる。どうせ愚かな考えしか出てこないのである。まれに出来がよくても神の手柄である。自分の手柄ではないから驕《おご》り高ぶることもない」

大胆なおことばに一同は固唾《かたず》をのむ思いである。一人が沈黙を破った。

「でも、人にホメられると、どうしても自分の手柄だと思ってしまいます」

「神の代理で表彰状を受け取っていると考えよ」

「悪いことをしたとき、罰を受けるのは神でなく人間です」

「馬鹿者っ！」

これほど語気を荒らげられたのは初めてである。

「神に代わって罰を受けることもできないのか！　それぐらい神の世話になっているはずであろう」

自己中心的態度を突かれ、一同おののいていると、別の中年男が話題を変えた。

「妻がよく詰問します。油断しているときを狙われるので、神から送られるヒラメキが間に合わず、即座に言い訳が出てきません」

「マーク・トウェインは言う。すばらしい即席のスピーチをするには通常、三週間以上の準備が必要だと。これをよく考えよ」

「言い訳しても後でつじつまが合わなくなります」

「マーク・トウェインは言う。真実をしゃべれば何も覚えておかなくていいと。考えよ……あーっ！」

そうおっしゃると、顔面蒼白になってポケットを必死で探し始められた。

「か、金が……混雑で落としたか、スラれたか……妻に頼まれた買い物の金が」

そうおっしゃり、「言い訳、言い訳、言い訳……」とつぶやかれながら初詣もしないで立ち去られた。

不安を解消する方法

久しぶりにツチヤ師が喫茶店に姿をお見せになった。稀代の聖者を見ようと崇拝者たちが師を取り囲んだ。師の白いズボンには、ソース、しょうゆ、コーヒー、ケチャップなどの新旧さまざまなシミが点々とついているが、師は細かいところにはこだわらない心をおもちなのである。

師はロイヤルミルクティーを受け取って席につかれ、中に入っているティーバッグを取り出されると、顔つきを曇らせてつぶやかれた。

「少ない」

ティーバッグを取り出すと、カップの中身が大きく減ったのである。このおことばに、「どんなものも正味を見るとがっかりする」という教訓を得る者、「一部分が出て行くときは仲間を一緒に連れて行く」、「大きいティーバッグほど、吸う水分量も大きい」などの教訓を得る者もいた。師のおことばの中には無限の教えがある。

十分もたつと、師は飲み物のことを頭から振り払い、「質問を受けよう」とおっしゃった。すぐに近くにいた貧相な中年男（中年男は太っていてもたいてい貧相である）が「ガンの検査を受けました。結果が心配で夜も眠れません」と言うと、隣に座っていた愚かそうな若者

（若者はたいてい愚かそうである）が「わたしも大学受験に合格するか不安でたまりません」と訴えた。

師は重々しく「ある男がロイヤルミルクティーをやめてアメリカンコーヒーを飲むようにした。なぜか。アメリカンの方が量が多いからである」とおっしゃった。まだ飲み物の量を気にしておられるのである。

「人間は不安だ。フラれるのではないか、叱られるのではないか、飲み物の量が少ないのではないか。不安だらけだ。不安を解消するのは簡単である。検査の結果がよければ喜べばいいし、悪ければ治療すればよい。合格すれば大学に行き、不合格なら浪人するしかない。不安になる余地は実際には一切ないのである。〈ガンだったらどうしよう〉と言うが、ガンだと分かったらどうせ治療するのだから〈どうしよう〉と迷う余地はない。動転はするだろうが、いくら動転しても、治療するのに決まっているのだから、迷ったり心配したりすることは何もない」

一同が深い感銘に包まれているのにかまわず、師は勢いに乗られてことばを続けられた。

「古代ギリシアのエピクロスは、死を恐れる必要はないと言った。人が存在しているうちは死はそこにない。死がそこにあるときには人は存在していないからである」

衝撃がおさまるのにしばらく時間がかかった。そこへふてぶてしげな中年女が「存在しなくなるということがコワイのではないでしょうか」と言った。一同、厚かましい女を非難の目で見たが、師はさすがである。ひるむことなくおっしゃった。

「どんなに反論してもエピクロスはもういない」

女は厚かましくもさらに発言した。

「将来どうなるかは不確定ではありませんか？　そこが不安ではないでしょうか」

「不確定でも不安になるとは限らない。今日の夕食に何を食べるか決まっていなくても不安にならない」

「お家の夕食が何なのかは不安ではありませんか？」

「料理は食べられるか食べられないかどちらかである。食べられる料理は食べ、食べられない料理は無理に食べると決まっている。確定しているのだ。不安が入る余地はない」

こうおっしゃると、立ち上がり、アメリカンコーヒーを買って席に戻られた。テーブルに手をつかれた拍子にコーヒーがこぼれ、コーヒーは半分ほどの量になってしまった。師は悲しげにおっしゃった。「未来はどうなるか分かったものではない」

「冥土の土産」理論

ツチヤ師（わたしが崇拝してやまぬ偉大な聖人）が公園を歩いておられた。崇拝者たちがありがたい教えにあずかろうと従っている。師がいきなり足をとめておっしゃった。

「見よ」

師が指さしたのは雑草であった。取り巻きの者が全員けげんな表情を浮かべていると、師はおっしゃった。

「深い」

師がこうおっしゃりながら手にもったソフトクリームでもう一度草を指されたとき、ソフトクリームの上の部分が地面に落ちてしまった。それまで機嫌のよかった師は「あっ」と小さく叫ばれると、急に深く沈み込んでしまわれた。こうなると、肩を落として立ち去られるか、数時間沈んだままでおられるかである。

一同が心配していると、だれかがソフトクリームを買ってきて師に差し出した。師はとたんに機嫌を直され、ベンチに座ってソフトクリームを一口おナメになってからお続けになった。

「この草には名もない。どんな花が咲くのかも知らない。生命力も弱そうである。見るべきところが一つとしてない。だが長所が何一つないからといってなぜ評価できないのか。考えよ。この草の深さに目を向けよ」

深すぎるおことばに一同、感銘のあまり声も出ない。雑草を通してご自分を語っておられるのである。

そのとき「ご相談があります」と言って、六十代の貧相な男が師の前に進み出た。師は汚いものを見るような目で男をごらんになった。当然である。見るべきところが何一つない薄汚い男である。師の前に出るのも控えなくてはならない男だ。だれもが「引っ込め！」と思ったとき、師は「何か」とおっしゃった。

感動が一同を襲った。師はスネることもなく、怒ってお帰りになるのでもなく、話をお聞きになるのだ。何という忍耐強さ、何という心の広さであろうか。

男はこう言った。

「わたしは大学教師をやっておりますが、職場でも家庭でも何一つ思うようにいかず、苦しいことばかりです。先日の健康診断でも要精密検査でした。なぜこう苦しいことばかりなのでしょうか。もっとラクになる方法はないでしょうか」

こんな男はもっと苦しめばいいと全員が思っていると、師はそういう思いをおくびにも出さず、寛容にもおっしゃった。

「それが人生だ。味わいなさい」

一同が感嘆の声をもらしていると、中年男は無礼にもこう言った。

「苦しみを味わう心境にはなれません。苦しみをなくしたいのです」

一同は啞然とした。師に異を唱えるのは、考えることさえはばかられる暴挙である。一同がハラハラしていると、師は想像を絶する寛容さを発揮しておっしゃった。

「冥土《めいど》の土産《みやげ》と考えよ」

横面《よこつら》を張られたような衝撃が全員に走った。師は衝撃が浸透するのをお待ちになってからおっしゃった。

「旅行で味わい深いのは何か。電車を乗り間違えた、転んで骨折したなどの不幸が後々まで思い出となる。順調で楽しいだけの旅行は思い出に残らない。旅行しなかったも同然である。平穏無事で順調な人生も後に何も残らない。人生がなかったのと変わりがない。どんな苦難も、苦難だからこそ冥土の土産になると考えれば味わえる」

熱弁をふるわれているうちに溶けてきたソフトクリームの一部がズボンの股の上に落ちた。あいにくズボンが真っ白であったために、チョコレート・ソフトクリームの汚れは否応なく目立った。師はあわててハンカチで拭かれたが、シミが広がっただけだった。事態が悪化して取り返しがつかなくなったことをお知りになると、逃げるように立ち去られた。

人生は無意味か

希代の聖者ツチヤ師の前に、見るからに卑しい中年男が進み出た。深い悩みを抱えた様子だ。師の機嫌がよく、質問を許されたのだ。

「恐れ入ります。人生には意味があるのでしょうか」

「なぜ聞くのか」

「実は人生は無意味だということを証明してしまったのです。そうでなくても、わたしが生きていることに意味がないのではないかと他人から疑われているのです。それが証明されたら立つ瀬がありません」

「その証明を述べよ」

「人生にはいつか終わりが来ます。それどころか宇宙全体がいつか消滅します」

「その通り」

「そうすると、生きている間にどんな成果を上げても、その成果はことごとく無に帰してしまうのではないでしょうか」

「その通り」

「築いた財産はもとより、寝食を忘れて作り上げた文学作品も建造物も絵画も音楽も科学の成果も、宇宙が消滅したら何もかも失われてしまいます」

「その通り」

「そうなると、人生、何をしても意味がなくなるのではないでしょうか」

「その通り。もし成果を上げることが人生の意味だとすれば」

「えっ、ということは無意味とはかぎらないということでしょうか」

「子どもが楽しそうに遊び、笑ったり泣いたりする。これには何の成果もない。そういう子どもの毎日は意味がないのか。夕日を見たり、食べ物を味わったり、虫の声を聞いたり、喜んだり苦しんだりすることには成果がないが、人生の重要な一部である。これらには意味も価値もないのか」

「おっしゃる通り、意味も価値もないとは言えないと思えます。ですが、成果はやはり無に帰するのではないでしょうか」

「その通り。だが考えよ。無に帰すものはすべて意味も価値もないのか。アリストテレスはプラトンを批判して言った。花の美しさや雪の白さは時がくれば消滅するが、だからといって白さや美しさが不完全になるわけではないと。桜はすぐに散るからよけい美しいのだ。どんな曲もいつか終わる。どんな映画も終わりになる。食べたおいしさも満腹もやがては消え去る。これらはすべて終わりがくるから意味がないということになるのか」

「たしかに、おっしゃる通り無意味とは思えません」

「さらに考えよ。やがて消滅するものは無意味だと言うなら、逆に、永遠に続けば意味が出てくるのか」

「ははっ、恐れ入りました。そういえば、わたしの授業も演奏も、評価されるところは、いつか終わるということぐらいです。いつまでも終わらなければ袋だたきにあうに違いありません。歯医者の治療や結婚式のスピーチと同じで、わたしの授業も演奏も早く早く終わる方が喜ばれるのです」

師をはじめ一同、深くうなずく。

「うんうんうん、そうであろう。人生でも何でも同じだ。〈永遠に続くものは意味があり、消滅するものは無意味だ〉とは言えない」

「恐れ入りました」

一同の感嘆の嵐がおさまってから男が言った。

「では人生には何か意味があるのでしょうか」

「ならば問う。子どもが遊ぶことの意味、暑い夏を過ごすことの意味は何か。そもそも人生に意味があるかないかを問うことに意味があるかどうかを考えよ」

そのときツチヤ師の携帯が鳴り、電話の声を聞いているうちにみるみる顔色が変わり、あわてて立ち上がられた。

「妻が何をしているのかと怒っている。ついさっきは機嫌がよかったのに……こんな生活のどこに意味がある……いつか終わりが来るのであろうか」

こうつぶやいて走り去られた。

出典一覧〈すべて文春文庫より〉

Ⅰ　妻に至る病

不満だったのか満足だったのか『教授の異常な弁解』
傲慢な人間の運命『日々是口実』
焼きそばのいろいろ『無理難題が多すぎる』
妻の非常識『論より譲歩』
人間のクズ『日々是口実』
表現の自由『不良妻権』
国際紛争になってもおかしくない『教授の異常な弁解』
日米関係のために『紅茶を注文する方法』
物欲を乗り越えるまで『不良妻権』
わたしの妻はどんな女か①『貧相ですが、何か?』
わたしの妻はどんな女か②『貧相ですが、何か?』
こんな女に共感してはいけない『貧相ですが、何か?』
妻のために死ねるか『ソクラテスの口説き方』
なぜ説得できないか『ツチヤの口車』
教育の基本原理『教授の異常な弁解』
妻をホメちぎる方法『教授の異常な弁解』
脳の中身『教授の異常な弁解』
認知症の疑い『年はとるな』

Ⅱ　女の精神

だれのものなんだ『簡単に断れない。』
比喩を濫用してはいけない『日々是口実』
悔やまれる軽はずみ『棚から哲学』
学生の抱負『不要家族』
よその助手『棚から哲学』
話はズレる『紳士の言い逃れ』
大人物すぎる『簡単に断れない。』
女は礼儀に敏感である『貧相ですが、何か?』
ぼくはこんなところで働いている『貧相ですが、何か?』
回数の問題『ツチヤの貧格』
ソクラテスの口説き方『ソクラテスの口説き方』
女に関するわたしの研究課題『貧相ですが、何か?』
女の論法の研究『ソクラテスの口説き方』
女の論証テクニック①『ツチヤの軽はずみ』
女の論証テクニック②『ツチヤの軽はずみ』
魔の二歳児『ワラをつかむ男』

III　ツチヤの弁明

IV　幸福論序説

最悪の事態『ワラをつかむ男』
幸福は除外に宿る『不要不急の男』
人工知能に対抗するには『年はとるな』
異星人の報告『無理難題が多すぎる』

V　ツチヤ師、かく語りき

ツチヤ師、生き甲斐を語る『論より譲歩』
挫折続きなんです――ツチヤ師言行録『ツチヤの貧格』
ツチヤ師のアドバイス『論より譲歩』
ネコの生活『教授の異常な弁解』
ツチヤ師はどんな人か『論より譲歩』
本来の使い方『日々是口実』
ツチヤ師の初詣『不良妻権』
不安を解消する方法『論より譲歩』
「冥土の土産」理論『論より譲歩』
人生は無意味か『論より譲歩』

土屋賢二（つちや・けんじ）

1944年岡山県生まれ。神戸市在住。東京大学文学部哲学科卒業、東京大学大学院人文科学研究科博士課程退学。お茶の水女子大学名誉教授。専攻はギリシア哲学、分析哲学。哲学研究の傍ら『ツチヤの貧格』『妻と罰』など、ユーモアとアイロニーあふれるエッセイが話題を呼ぶ。1997年新年号より続く、「週刊文春」の長寿連載「ツチヤの口車」は国民的に親しまれている。最新刊は『不要不急の男』。

妻《つま》から哲学《てつがく》
ツチヤのオールタイム・ベスト

二〇二一年九月三十日　第一刷発行

著　者　土屋賢二《つちやけんじ》
発行者　鳥山　靖
発行所　株式会社 文藝春秋
東京都千代田区紀尾井町三－二三
郵便番号　102－8008
電話　（〇三）三二六五－一二一一（代表）
DTP　エヴリ・シンク
印刷所　凸版印刷
製本所　凸版印刷

ISBN978-4-16-391439-8　Printed in Japan